L'oasis du désir

1

1

ABBY GREEN

L'oasis du désir

collection Azur

éditions HARLEQUIN

Collection : Azur

Cet ouvrage a été publié en langue anglaise
sous le titre :
SECRETS OF THE OASIS

HARLEQUIN®
est une marque déposée par le Groupe Harlequin
Azur® est une marque déposée par Harlequin S.A.

83-85, boulevard Vincent-Auriol, 75646 PARIS CEDEX 13.

Service Lectrices — Tél. : 01 45 82 47 47
www.harlequin.fr

ISBN 978-2-2802-4382-7 — ISSN 0993-4448

Prologue

Une fillette de six ans se tient debout devant une tombe, seule. Pâle comme la mort, elle a de grands yeux bleus, tout brillants des larmes qu'elle s'efforce de retenir. Dans son dos, une cascade de longs cheveux noirs descend jusqu'à sa taille. Un jeune garçon très beau, à la peau foncée, se détache du groupe qui se tient respectueusement à quelque distance ; il s'approche et lui prend la main. Il s'appelle Salman.

Il la regarde solennellement, beaucoup trop solennellement pour ses douze ans.

— Ne pleure pas, Jamilah. Il faut que tu sois forte, maintenant.

Elle lui rend son regard. Leurs parents sont morts dans le même accident d'avion. S'il peut être fort, elle peut l'être aussi, se dit-elle. Elle cille pour s'empêcher de pleurer et hoche la tête, brièvement. Elle garde les yeux fixés sur lui quand il se tourne vers l'endroit où on vient d'enterrer ses propres parents. Leurs mains restent serrées étroitement.

1.

Paris, des années plus tard

Si elle s'était écoutée, Jamilah aurait sauté et dansé de joie sur le trottoir parisien. Elle esquissa une grimace. Cela faisait tellement cliché… Mais c'était Paris au printemps, avec la tour Eiffel à l'horizon, et elle était amoureuse. Elle avait envie de rire, de chanter, le visage tourné vers les arbres en fleurs.

Jusque-là, elle avait toujours pensé que la réputation de Paris était surfaite. Maintenant elle comprenait : il fallait être amoureux pour goûter vraiment le romantisme de cette ville. D'ailleurs, c'était ici que sa mère, originaire de Merkazad, était tombée sous le charme du Français qu'elle avait épousé quelques mois plus tard.

Elle n'avait que vaguement conscience des regards admiratifs que lui lançaient aussi bien les hommes que les femmes. On lui avait souvent affirmé qu'elle possédait une beauté exotique peu commune, avec ses yeux bleus qui contrastaient avec ses cheveux jais et sa peau très mate.

Son cœur battait à tout rompre dans sa poitrine et elle devait faire beaucoup d'efforts pour se retenir d'ouvrir grands les bras en criant à tue-tête : « Je suis amoureuse de Salman al Saqr et il m'aime aussi ! »

Cependant, une minuscule arrière-pensée affleura

à sa conscience. Salman ne lui avait pas vraiment parlé d'amour, même ce matin, lorsque, comblée d'un bonheur sensuel, elle avait prononcé les mots qui lui brûlaient les lèvres depuis plusieurs jours.

Trois semaines seulement s'étaient écoulées depuis qu'elle avait rencontré Salman dans la rue, par le plus pur des hasards, en sortant de l'université où elle avait passé son dernier examen. Après avoir pratiquement grandi ensemble, ils avaient perdu contact depuis longtemps ; revoir son idole de toujours avait bouleversé Jamilah. Elle l'avait trouvé aussi beau que dans son souvenir – peut-être même plus. C'était devenu un homme. Immense, large d'épaules, puissant.

En la reconnaissant, il avait froncé les sourcils avec une sorte d'admiration incrédule.

— Jamilah ?

Le cœur battant, le rouge aux joues, elle avait simplement hoché la tête. Cela faisait si longtemps qu'elle rêvait de lui plaire…

Ils avaient pris un café ensemble. Ensuite, au moment de se dire adieu, alors qu'une abominable tristesse s'emparait d'elle, Salman avait brusquement suggéré :

— Pourquoi ne pas dîner ensemble ? Ce soir ?

Elle avait accepté aussitôt.

Aujourd'hui, même si elle venait de vivre trois semaines magiques, les plus merveilleuses de sa vie, elle regrettait d'avoir montré autant d'empressement. Elle aurait dû marquer plus de distance… Mais elle n'était pas assez calculatrice pour dissimuler ses sentiments.

Dès le week-end qui avait suivi leurs retrouvailles, Jamilah était allée chez Salman, et il lui avait fait l'amour. Pour la première fois.

Une vague de chaleur l'envahit au souvenir de cette soirée.

Secouant la tête pour chasser ces images, Jamilah pressa le pas. Elle voulait arriver chez Salman à temps pour lui préparer un dîner. Il ne l'avait pas vraiment invitée, mais elle ne doutait pas qu'il l'accueillerait avec plaisir ; elle avait acheté tout ce qu'il fallait pour confectionner un délicieux repas.

Tout en attendant de pouvoir traverser la rue, elle songea à l'humeur parfois mélancolique de son amant. Ses traits, alors, s'assombrissaient. Comme, par exemple, quand elle évoquait Merkazad, ou le cheikh Nadim, chef de ce petit état et frère aîné de Salman.

Elle-même devait retourner à Merkazad la semaine suivante. Mais elle modifierait évidemment ses projets si Salman lui demandait de rester à Paris. Leur relation naissante bouleversait son existence.

Elle arriva devant la porte monumentale de l'immeuble haussmannien où Salman occupait un vaste appartement au dernier étage. Après l'avoir saluée, le concierge marqua une hésitation.

— Excusez-moi, mademoiselle, mais… le cheikh vous attend-il ?

Elle tiqua à la mention du titre officiel. Pourtant, Merkazad avait beau être un minuscule territoire de la péninsule arabique, il n'en était pas moins un pays indépendant, gouverné par une noble lignée de cheikhs. C'était le pays de sa mère, celui où elle-même était née. Ensuite, ses parents étaient venus s'installer à Paris, où son père avait travaillé comme consultant pour celui de Salman.

Jamilah sourit largement en exhibant ses sacs à commissions.

— Je vais faire la cuisine ! annonça-t-elle.

Le concierge lui rendit son sourire, mais d'un air

un peu embarrassé, et Jamilah monta dans l'ascenseur avec une impression de malaise inexplicable.

Sur le palier du dernier étage, la porte de l'appartement était entrouverte. Un rire de femme parvint à ses oreilles au moment où elle la poussait pour entrer.

Il lui fallut quelques secondes pour enregistrer la scène qui se déroulait sous ses yeux : Salman se penchait vers une rousse flamboyante, qui s'enroulait autour de lui comme une liane. Le premier sentiment de Jamilah fut la honte, celle d'être habillée comme une étudiante, d'un simple jean et d'un T-shirt.

Tout en embrassant la jeune femme, Salman pressait la main sur sa taille pour la serrer contre lui, exactement comme il le faisait avec elle… Jamilah laissa tomber ses sacs. Le bruit interrompit l'étreinte, et Salman releva la tête, mais sans lâcher sa compagne qui la foudroya du regard.

Paralysée par la stupéfaction, Jamilah restait immobile, incapable de bouger, tandis que Salman murmurait quelque chose à l'oreille de la jeune femme rousse. Celle-ci s'écarta avec une moue de déplaisir avant de ramasser son sac et son manteau.

— A tout à l'heure, chéri, lança-t-elle d'une voix rauque, avant de sortir dans un nuage de parfum.

La porte se referma. Jamilah tremblait de tous ses membres. Salman se tourna vers elle, splendide dans son costume sombre d'homme d'affaires, avec chemise blanche et cravate. Elle ne savait pas grand-chose de ses activités professionnelles, sinon qu'il travaillait dans le domaine des investissements bancaires. En fait, elle ignorait pratiquement tout de lui…

— Je ne m'attendais pas à ta visite, lui dit-il. Nous n'avions rien prévu.

Jamilah ravala les sanglots qui lui montaient à la

gorge. Elle non plus n'avait pas prévu la rencontre qui avait bouleversé sa vie en trois semaines ! Qui était l'étranger qui se tenait à présent devant elle ? Elle ne reconnaissait pas l'homme qui s'était réveillé à côté d'elle le matin même en lui chuchotant des mots tendres à l'oreille.

— Je… J'avais envie de préparer à dîner pour… te faire une surprise, bégaya-t-elle.

Elle baissa les yeux sur ses provisions répandues au sol. Heureusement, la bouteille de vin ne s'était pas cassée.

— Tu ne peux pas venir chez moi à ta guise, Jamilah, la morigéna Salman, d'une voix où perçait l'irritation.

Alors même que son univers s'effondrait, Jamilah se raccrocha à des lambeaux d'amour-propre, surgis de profondeurs insoupçonnées de son être.

— Evidemment, je ne serais pas venue si j'avais su que tu étais… occupé.

Le cœur comme percé par une flèche empoisonnée, elle ne put s'empêcher de demander :

— Est-ce que… tu vois cette femme en même temps que moi ?

Il secoua la tête avec brusquerie.

— Non, répondit-il impatiemment. C'est la première fois.

— En tout cas, maintenant, tu la vois…, murmura-t-elle faiblement. Tu t'ennuies déjà avec moi, au bout de trois semaines ?

Comme elle regrettait d'avoir mis son cœur à nu devant cet homme ! Elle se souvenait des mots exacts qu'elle avait employés dans l'aube naissante : « Je t'aime, Salman. Depuis toujours, du plus loin qu'il m'en souvienne. »

Il avait simplement esquissé un sourire.

— Allons, tu me connais à peine…

Mais elle avait insisté farouchement.

— Je te connais depuis mon plus jeune âge, Salman. Crois-moi, je ne me trompe pas.

C'était à ce moment-là qu'il était devenu distant, évasif. Qu'est-ce qui avait bien pu changer entre eux en quelques heures ? Lui en voulait-il d'avoir avoué ses sentiments pour lui ?

— Qu'attendais-tu donc de moi, Jamilah ? lui demanda-t-il avec une douceur implacable, la tirant de ses pensées.

Elle refoula ses émotions et s'efforça de rester digne.

— Rien, mentit-elle. De toute façon, tu ne tiens pas en place. Tu es constamment à la poursuite d'autre chose… Mais pourquoi ne m'as-tu pas parlé ?

— Pour dire quoi ? Nous avons partagé des moments agréables. Dans une semaine tu retournes à Merkazad. Et ma vie va reprendre son cours normal.

Jamilah se recroquevilla intérieurement, comme si elle avait reçu un coup. Cet homme avait été son premier amant. Elle lui avait offert son innocence. Comment pouvait-il attacher si peu de prix à ce cadeau ?

Salman fronça les sourcils.

— Tu comptes bien repartir à Merkazad, n'est-ce pas ?

Devant son silence, il poussa un juron en arabe avant de demander :

— Tu n'espérais rien de sérieux, tout de même ?

En dépit des efforts de Jamilah, son expression dut la trahir car Salman crut bon d'ajouter, d'une voix glaciale :

— Je ne t'ai jamais rien promis ou laissé entendre.

Elle secoua la tête machinalement, tandis que ses paroles lui lacéraient le cœur. Il ne pouvait pas imaginer à quel point il la blessait. De son côté, elle avait joué avec le feu et se retrouvait punie par celui-là même qui l'avait initiée au bonheur… Comment avait-elle pu se méprendre à ce point ? Elle avait hâte de se retrouver seule pour se rouler en boule et panser ses plaies, mais elle était incapable de bouger.

Salman dévisagea froidement la jeune femme qui lui faisait face. Il la connaissait, certes, mais elle était tout de même une étrangère pour lui. Etrangère à son cœur. Il avait tellement l'habitude de refouler ses émotions qu'il avait du mal à comprendre celles d'autrui. Une douleur aiguë lui comprima soudain la poitrine, mais il la surmonta impitoyablement. Au cours des trois dernières semaines, il s'était abandonné à une sorte d'irréalité brumeuse, comme si, finalement, le pire n'était pas toujours à venir. Sa rencontre impromptue avec Jamilah lui avait même redonné un vague espoir. Elle était si belle, si douce aussi ! Pourquoi sa bonté naturelle n'aurait-elle pas pu rejaillir un peu sur lui ?

En regardant par la fenêtre quelques minutes plus tôt, il l'avait aperçue sur le trottoir d'en face, la mine heureuse et épanouie. Il avait alors pris pleinement conscience de la situation : elle ne lui avait pas menti ce matin, elle était vraiment amoureuse de lui. Toute la journée, il avait essayé de se rassurer en relativisant l'impact de ses paroles : elle ne se rendait peut-être pas vraiment compte de ce qu'elle disait, ou de ce qu'elle ressentait… Lui, en tout cas, ne voulait pas se sentir coupable, ni responsable.

Il avait eu, en la voyant traverser la rue, l'impression de tenir un papillon délicat entre ses doigts. Malheureusement, incapable de protéger sa fragile beauté, il allait l'écraser sans état d'âme.

Eloïse, une collègue de travail, était montée chez

lui sous le vague prétexte de récupérer un dossier. Sa sensualité fougueuse et pleine d'assurance contrastait diamétralement avec celle, subtile et élégante, de Jamilah. Salman avait conçu son plan en une fraction de seconde : il devait rompre sans équivoque, d'une manière définitive qui ne laisserait aucune possibilité à Jamilah de renouer.

Quand le concierge lui avait annoncé que celle-ci était dans l'ascenseur, quelque chose s'était fermé pour de bon en lui, scellant sa décision irrévocable : il n'avait pas le choix. Il n'avait, hélas, rien d'autre à lui offrir qu'une âme tourmentée, en proie à de sombres secrets. Il était incapable d'amour.

Jamilah fut saisie d'un léger vertige tant le regard scrutateur de Salman était intense. Il gardait le silence depuis un temps interminable, se contentant de la fixer. Avait-elle rêvé cette scène affreuse ? Ces manières glaciales ? Cette femme ? L'espace d'une seconde, elle crut lire comme du regret dans les yeux de Salman. Mais, lorsqu'il parla de nouveau, ce fut pour retourner le couteau dans la plaie avec une cruauté sans nom :

— Le concierge m'avait prévenu que tu montais. J'aurais pu sauver les apparences. Mais j'ai préféré me montrer tel que je suis, te dévoiler ma vraie nature…

Comme si le coup n'était pas assez douloureux, il ajouta :

— Il n'aurait jamais rien dû se passer entre nous. J'ai eu tort de te séduire.

Jamilah songea fugitivement qu'elle n'avait pas beaucoup résisté …

Il pinça les lèvres.

— Va-t-en, maintenant. Tu as sûrement des tas

de choses à préparer pour ton voyage à Merkazad. Crois-moi, Jamilah, je ne suis pas le chevalier blanc qui t'enlèvera sur son cheval pour partager tes rêves romantiques. Je suis plutôt obscur et torturé. Notre brève histoire se termine là. Ce soir, je sors avec Eloïse et je renoue avec la vie que je menais avant. Je te conseille de faire de même.

— Mais…, bredouilla Jamilah, incrédule. Restons au moins amis ! Je croyais…

— Ce n'est pas parce que nous avons grandi ensemble que nous sommes liés à vie, la coupa-t-il durement.

Quelque chose, au plus profond d'elle, refusait de croire à tant de cynisme.

— Ce n'est pas possible ! Tout ce temps que nous avons passé ensemble, nos conversations interminables, ces trois semaines merveilleuses…

L'expression glaciale qui se peignit sur les traits de Salman eut raison de son scepticisme. Elle ne devait plus s'exposer ainsi devant lui.

— Pendant toute notre enfance, fit-il, tu t'es attachée à moi comme à une bouée de sauvetage. Je n'ai jamais eu le courage de mettre des distances. Ce que nous avons vécu était purement sexuel. Tu es devenue très belle, tu m'as inspiré du désir, rien de plus normal. Mais c'est tout.

Sous le choc, les sentiments que Jamilah avait pu éprouver pour Salman au fil des ans se desséchèrent instantanément pour retomber en poussière. D'un seul coup, il avait détruit les merveilleux souvenirs qui l'unissaient à lui. Malgré sa douleur, elle parvint à articuler quelques mots :

— Inutile d'en dire davantage. J'ai compris. Tu as malheureusement perdu toutes les qualités humaines que tu possédais autrefois. Tu n'es qu'un salaud !

— Oui, acquiesça Salman sur un ton vaguement agacé.

Jamilah réussit enfin à bouger. Au moment où elle franchissait le seuil, la voix cynique de Salman retentit une dernière fois :

— Dis bonjour de ma part à mon cher frère et à Merkazad. Je n'ai pas l'intention de les revoir de sitôt.

Ni toi non plus, aurait-il pu ajouter… En tout cas, ces mots qui semblaient flotter dans l'air résonnèrent aux oreilles de Jamilah, qui sortit néanmoins la tête haute, sans un seul regard en arrière.

Quelques années plus tard

Les fêtes qui célébraient l'anniversaire du sultan d'Al-Omar, Sadiq, étaient incroyablement fastueuses. Elles se déroulaient dans son somptueux palais, en plein cœur de B'harani, métropole dont les mille feux étincelaient sur la côte de la péninsule arabique, à deux heures de route des montagnes de Merkazad.

L'un des conseillers du sultan poursuivait Jamilah de ses assiduités depuis des années, et elle avait pour une fois accepté de l'accompagner. Mais ce n'était pas sans arrière-pensée : en réalité, la présence annoncée de Salman constituait sa motivation principale…

Tous les ans, les tabloïds du monde entier recensaient fébrilement les candidates susceptibles de lui plaire parmi la liste des invitées. Et s'il arrivait toujours seul, il repartait immanquablement avec une nouvelle maîtresse à son bras.

Jamilah parcourut des yeux la salle de bal, où se pressaient plus de deux cents personnes. Son cavalier l'avait quittée un instant ; parcourue d'un frisson, elle regretta brusquement sa décision imprudente et irréfléchie. Depuis sa dernière rencontre à Paris avec Salman, non seulement elle n'était pas parvenue à l'oublier, mais elle recommençait à fantasmer à son sujet. Elle se revoyait à six ans devant la tombe de ses parents, quand Salman s'était approché pour lui prendre la main et lui communiquer une force et un courage tellement palpables qu'ils ne l'avaient plus quittée.

Même si cela paraissait ridicule, elle était tombée amoureuse de lui à ce moment-là. Certes, ses rêves d'un amour adulte et durable s'étaient effondrés depuis. Pourtant, son désenchantement n'avait pas eu raison de ce souvenir précis.

Pendant toute son adolescence, seules les visites de Salman pendant les vacances réussissaient à égayer sa tristesse. Il était alors pensionnaire dans un internat, en Angleterre. Ensuite, ses séjours s'étaient espacés, pour devenir de plus en plus rares. Jamilah avait alors failli sombrer dans le marasme.

Si elle avait choisi de faire ses études supérieures à Paris, ce n'était pas uniquement pour exaucer les vœux de son père. Elle avait aussi secrètement espéré y revoir Salman. Ce qui était arrivé mais, malheureusement, elle l'avait payé cher…

Une vague d'amertume l'envahit.

Comment Salman pouvait-il encore la faire fantasmer ? Dans une tentative désespérée pour en finir avec cette chimère absurde, elle avait résolu d'assister à cette réception pour l'observer de près. La vie de débauche qu'il menait lui inspirerait peut-être assez de dégoût pour la guérir définitivement.

Elle avait plusieurs fois imaginé la scène. Tout d'abord, elle manifesterait une surprise étudiée en le reconnaissant, mais sans rien trahir des émotions qui l'avaient tourmentée ces dernières années. Après lui avoir demandé poliment de ses nouvelles, avec une expression de léger ennui, elle s'éloignerait tranquillement. Ce serait aussi simple que cela. Il aurait la preuve que leur brève aventure n'avait pas compté pour elle…

Sauf que les choses ne s'étaient pas du tout passées ainsi. En sortant de sa chambre pour assister au dîner précédant la réception, Jamilah avait aperçu dans le couloir une silhouette imposante, qu'elle avait prise pour Nadim, le frère de Salman. Quand elle s'était rendu compte de son erreur, il était trop tard. Elle avait fugitivement saisi sur ses traits une curieuse impression de solitude et de vulnérabilité ; mais, très vite il s'était ressaisi. Plongeant les mains dans ses poches, il l'avait détaillée avec un mélange de sensualité et de nonchalance.

— Jamilah, après tout ce temps ! Je me suis parfois demandé si tu ne faisais pas exprès de m'éviter.

Le timbre chaud et grave de sa voix l'avait immédiatement transportée quelques années plus tôt, dans l'appartement parisien où ils s'étaient aimés. Elle aurait donné n'importe quoi pour s'en tenir au scénario qu'elle avait élaboré. Avec une volonté de fer, elle s'était armée de tout son sang-froid pour avancer et passer devant lui. Mais il avait posé une main sur son bras et ce geste l'avait déstabilisée.

— Ne sois pas ridicule, Salman, avait-elle répondu, le cœur battant. Pourquoi chercherais-je à t'éviter ?

Parce qu'il t'a brisé le cœur et que tu n'as jamais réussi à l'oublier, murmura une petite voix intérieure.

Jamilah remarqua alors deux petits sillons qui s'étaient creusés aux commissures de ses lèvres. Et ses yeux avaient un éclat encore plus dur qu'avant.

— Je ne t'avais encore jamais vue aux réceptions du sultan d'Al-Omar.

— Je n'ai pas l'habitude d'assister à ces festivités, en effet, répliqua-t-elle en se dégageant. Mais j'ai la chance d'avoir été invitée par…

— Ah, Jamilah, te voilà ! Je te cherchais.

Elle avait accueilli son cavalier comme un sauveur lorsqu'il avait passé un bras possessif autour de ses épaules. Puis, après avoir murmuré quelques mots inaudibles à l'adresse de Salman, elle s'était éloignée avec soulagement.

Pendant le dîner, elle avait été horriblement gênée par le regard insistant de Salman, qui la dévisageait ouvertement. Et maintenant qu'elle se retrouvait seule, perdue dans la foule, elle recommençait à éprouver des angoisses.

Heureusement, elle aperçut Nadim en compagnie de sa petite amie Iseult, une jeune Irlandaise dont la famille possédait une prestigieuse écurie de chevaux de course et qui était venue travailler dans les haras de Merkazad.

Quand Jamilah s'avança à leur rencontre, Iseult s'inquiéta de sa pâleur.

— Qu'y a-t-il, Jamilah ? demanda Nadim. Tu ne te sens pas bien ?

Elle tenta dc les rassurer tous les deux avec un sourire forcé, mais Salman se matérialisa tout à coup auprès d'eux. Elle s'enfuit alors dans le patio, en courant presque. Comment avait-elle été assez sotte pour se jeter ainsi dans la gueule du loup ? Appuyant les mains sur la balustrade, elle prit de longues inspirations pour tenter de se calmer. En vain.

Avertie soudain par une intuition mystérieuse,

Jamilah sentit sa présence dans son dos. Elle se retourna lentement.

— Laisse-moi tranquille, Salman.

— Tu aurais dû rester à Merkazad.

— Tu n'y retournes jamais ?

— Exactement.

Pendant un long moment, ils ne dirent plus rien. Puis, Salman fit un pas en avant.

— Tu es encore plus belle que dans mon souvenir.

Sans plus songer à s'échapper, elle le foudroya du regard.

— Tu m'as déjà séduite une fois. Tu ne vas pas recommencer ?

— Tu sembles avoir plus de maturité, plus de profondeur, murmura-t-il, avec une sorte de nostalgie qui la décontenança.

Elle figea un sourire moqueur sur ses lèvres.

— Qui sait ? Je vais peut-être devenir aussi cynique que toi. Où en es-tu ? A combien de temps Eloïse a-t-elle eu droit ? Trois semaines ? Ou ai-je été la seule privilégiée à bénéficier d'autant ?

— Arrête !

Quand il s'approcha encore, sortant de l'ombre pour apparaître en pleine lumière, Jamilah faillit tout oublier. Il était si beau…

— Tu n'es donc pas guérie, après tout ce temps ? reprit-il.

Un rire étranglé sortit de sa gorge, qu'elle ne put retenir.

— Tu plaisantes ? Je t'ai oublié depuis très longtemps. De toute façon, cela ne m'intéresse pas de discuter avec toi. Je dois retourner dans la salle de bal. Mon cavalier va me chercher.

— Ce n'est pas un homme pour toi. Il est insignifiant. Que fais-tu avec lui ?

— De quoi te mêles-tu ? lança Jamilah, agressive. Au contraire, il est parfait. Les hommes exceptionnels ont perdu pour moi tout leur pouvoir de fascination.

Quand elle passa devant lui, il la retint par le bras.

— Est-ce que tu cries son nom dans le plaisir ? Tu lui griffes le dos en le suppliant de ne jamais s'arrêter ?

« Lui dis-tu que tu l'aimes ? » aurait-il pu ajouter. Toutes sortes d'images et de sensations envahirent Jamilah tandis que Salman la scrutait intensément. Brusquement, avec un gémissement rauque, il l'attira contre lui pour prendre sa bouche, avec une urgence possessive et dominatrice qui la prit de court en détruisant toutes ses défenses. Immédiatement, un désir fou l'embrasa.

Chaque cellule de son corps se souvenait de lui, du contact de ses mains, de sa chaleur… Loin de protester, elle s'arc-bouta avec avidité contre lui, comme pour effacer à son contact toutes les frustrations des années passées. Elle avait l'impression magique de remonter le temps, de se retrouver loin en arrière, avant l'immense déception qui avait tout brisé.

Jamilah mêla fiévreusement sa langue à la sienne, avec la sensation d'étancher une soif inextinguible, comme si elle découvrait enfin l'oasis tant attendue après une interminable traversée du désert. Pourtant, tout à coup, une image insidieuse s'insinua dans son esprit : celle d'une femme rousse que Salman serrait dans ses bras, exactement comme elle en cet instant.

Glacée, elle se dégagea. Comment avait-elle pu perdre ainsi le contrôle d'elle-même ?

— Ne t'approche plus jamais de moi, Salman. Il n'y a rien entre nous ; il n'y a jamais rien eu, tu me l'as dit toi-même. Une aventure sans lendemain ne compte pas. De toute façon, je ne suis plus disponible.

Elle tourna les talons dans un froufroutement de soie bleue et s'éloigna rapidement. Sur le point de franchir le seuil, elle ajouta par-dessus son épaule :

— Tu as eu ta chance. Tu n'en auras pas une deuxième. Et pour ton information, sache que j'ai crié de plaisir bien des fois dans d'autres bras que les tiens. Alors ne t'imagine pas que ton baiser m'ait procuré la moindre émotion.

Tandis qu'il regardait Jamilah se fondre dans la foule, un désespoir presque insurmontable assaillit Salman. Ces retrouvailles avaient déclenché un maelström d'émotions comme il n'en avait pas ressenti depuis leur dernière rencontre à Paris. Les jambes molles, il dut s'appuyer contre un mur pour maîtriser son tremblement. Ce baiser l'avait bouleversé.

Il avait ressenti un émoi incroyable en la tenant entre ses bras, avec l'étrange impression de répondre à une impérieuse nécessité, comme si la présence de Jamilah lui était tout à coup aussi vitale que le simple fait de respirer. Son désir avait l'énergie du désespoir… Pourtant, cette pensée le força à réagir. Il l'avait déjà séduite et rejetée. Il n'avait aucun droit sur elle. De toute manière, il n'avait jamais envie de revoir une femme après une rupture. Pourquoi en aurait-il été différemment avec Jamilah ?

Il regagna la salle de bal, soucieux. Il espérait seulement qu'elle n'avait pas menti au sujet de ses nombreux amants. Cela apaiserait ses remords de conscience, et il oublierait plus facilement l'expression peinée et vulnérable qu'il avait cru voir dans ses magnifiques yeux bleus.

*
* *

Jamilah avait un peu honte des propos qu'elle avait tenus à Salman en le quittant mais, sur le moment, cette petite vantardise l'avait soulagée. Après cet incident, elle n'avait plus le cœur à faire semblant de s'amuser ; elle monta donc dans sa chambre pour se changer et se démaquiller. Une heure plus tard, elle était sur la route au volant de sa Jeep en direction de Merkazad.

A mi-chemin, elle fut obligée de s'arrêter quelques instants sur une aire de l'autoroute à cause des larmes qui lui brouillaient la vue. Elle posa le front sur ses mains agrippées au volant. Comme elle était naïve ! Comment aurait-elle pu revoir Salman et en sortir indemne ? Et il l'avait embrassée… Probablement pour vérifier le pouvoir qu'il avait encore sur elle !

La froideur et la cruauté de son comportement étaient inacceptables. Ne possédait-elle pas assez de preuves ? Que lui fallait-il de plus ?

Elle s'était souvent demandé si les événements dramatiques qui avaient déchiré Merkazad avaient un rapport avec la nature sombre et renfermée de Salman. Bien des années plus tôt, le pays avait en effet été envahi par les armées d'Al-Omar. Salman, son frère et ses parents avaient été enfermés dans un cachot du palais pendant trois longs mois. Cela avait dû être une épreuve terrible, très traumatisante. Toute la population avait beaucoup souffert au cours de cette période, mais Jamilah, qui n'avait que deux ans à l'époque, n'en conservait qu'un vague souvenir.

Encore des années après la libération, Jamilah était la seule présence que Salman supportait. Même son frère et ses parents avaient du mal à percer le rempart de sa solitude. Si lui-même ne parlait pas beaucoup, les bavardages de la fillette qu'elle était alors semblaient l'apaiser. Petit à petit, en grandissant, Jamilah s'était entichée de lui ; et, à seize ans, elle en était follement amoureuse. Il avait toujours été très gentil avec elle.

Quand il avait quitté Merkazad définitivement, il lui avait, au moment de lui dire adieu, effleuré la joue avec une telle tristesse dans les yeux qu'elle avait failli l'embrasser pour le consoler. Mais il ne lui en avait pas laissé le temps.

— A bientôt, avait-il murmuré simplement.

Ce lien très fort qui existait entre eux s'était tout naturellement renoué à Paris, et leur relation s'était magnifiquement épanouie au cours des trois semaines de magie qu'ils avaient partagées.

A en croire Salman, il ne s'agissait pourtant que d'une illusion…

Si elle ne voulait pas continuer à souffrir, Jamilah devait tirer un trait définitif sur les espérances qui l'obsédaient depuis si longtemps. Trop longtemps…

2.

A présent

Le cheikh Salman Bin Kalid al Saqr observait au-dessous de lui l'ombre des pales de l'hélicoptère sur le paysage montagneux. Elle ondulait tel un serpent sur la surface rocailleuse. A l'horizon, on apercevait déjà la pointe des minarets de Merkazad et la silhouette du palais, sa destination. Après dix longues années d'absence, il revenait sur les lieux où il était né et où il avait grandi. Et cela lui mettait du vague à l'âme.

Il se souvenait comme si c'était hier du jour de son départ, ponctué d'une virulente dispute qui l'avait opposé à son frère Nadim. Les responsabilités de son aîné, qui dirigeait les affaires du pays depuis l'âge de vingt et un ans, avaient toujours impressionné Salman, qui se sentait incapable de les assumer.

Non par manque de compétence, mais bien à cause de l'expérience effroyable dont il avait souffert à l'âge de huit ans – et dont il n'avait jamais parlé à personne. Depuis ce temps-là, il avait résolument banni de son cœur Merkazad, et tous ceux qui y vivaient.

Curieusement, l'image de Jamilah affleura à son esprit, comme pour contredire le fil de ses pensées. Il s'était toujours senti très proche d'elle ; pendant longtemps, elle avait même été la seule personne dont il supportait la présence. D'ailleurs, à Paris, lorsqu'il l'avait revue après des années de séparation, il s'était laissé attendrir, s'ouvrant à sa douceur, et l'autorisant à accéder à des régions de son être qu'il avait cru condamnées définitivement – si toutefois elles avaient jamais existé… Comment avait-il pu ensuite la rejeter aussi violemment ? Il s'était montré d'une grossièreté et d'une cruauté impardonnables !

Repoussant ces idées trop désagréables, Salman se concentra sur le souvenir de sa dispute avec Nadim.

— Tu es ici chez toi, Salman ! avait crié son frère. J'ai besoin de toi ! Nous serons plus forts si nous gouvernons tous les deux ensemble.

Mais Salman ne partageait pas ce point de vue. Quelque chose était mort en lui, longtemps auparavant, et sa décision était déjà prise. Il voulait être un homme libre. Depuis son épouvantable incarcération, il se sentait à des années-lumière de Nadim.

— Non, ce pays t'appartient désormais, avait-il répondu. Je veux forger mon propre destin, seul et loin d'ici. Et tu n'as pas le droit de me dicter ma conduite.

Sous ses yeux, Nadim avait livré un dur combat intérieur ; Salman lui avait adressé un avertissement silencieux pour lui interdire de s'aventurer sur un terrain défendu. Son frère avait cédé. Le poids de leur histoire les divisait trop profondément. Salman éprouvait une jalousie amère à l'égard de son frère, dont l'innocence et la bonté n'avaient jamais été gâtées ni mises à mal, comme les siennes. Car, au cours d'une période de trois mois, qui lui avait semblé trois siècles, on lui avait volé son enfance.

Il savait combien Nadim s'en voulait de n'avoir pas pu protéger son petit frère. Pourtant, c'était irrationnel : tout aussi impuissant que lui, à peine plus âgé, il n'aurait rien pu faire. Cela n'empêchait pas Salman de nourrir une rancune tenace contre lui, parce qu'il n'avait pas été capable de lui épargner les horreurs qu'il avait dû affronter. D'une certaine manière, il l'avait puni en refusant de gouverner avec lui, espérant le faire souffrir autant qu'il avait souffert – tout en se haïssant d'agir aussi puérilement.

Culpabilité, désir de vengeance et rejet avaient donc empoisonné leur adolescence, et ce n'était que récemment, depuis leur entrevue à la réception du sultan Sadiq, que Salman avait remarqué un changement subtil dans le comportement de son frère, une sorte d'insouciance qu'il n'avait jamais perçue au cours de leurs rencontres, deux fois l'an.

Salman fronça les sourcils en contemplant le paysage rocheux qui s'étalait sous ses yeux. Dans quelques minutes, il foulerait le sol de son pays, où il allait vivre pendant un long mois. Il devait remplacer Nadim, parti en vacances en Irlande avec sa jeune épouse, enceinte de leur premier bébé, pendant qu'elle pouvait encore voyager.

Une loi archaïque autorisait l'armée à désigner un chef intérimaire si le cheikh régnant s'absentait pendant plus d'un mois. Ces dispositions avaient été prises à une époque d'instabilité où Merkazad était en butte à de fréquentes attaques des sultanats voisins. La situation ne s'était reproduite qu'à la mort de leurs parents, quand un conseil de régence avait dû être mis en place jusqu'à la majorité de Nadim.

Depuis le mariage de son frère avec Iseult, une opposition s'était formée, qui réprouvait son choix d'une étrangère comme épouse. Il avait fait appel à Salman pour éviter la montée de dissensions pendant son absence.

Salman avait accepté, presque malgré lui. Inconsciemment, il savait sans doute qu'un jour viendrait où il lui faudrait affronter ses vieux démons. Ce moment semblait arrivé – en tout cas, c'était ainsi qu'il s'expliquait son étonnante décision. Il ne l'avait prise ni par sens du devoir ni dans l'espoir de revoir Jamilah.

Pourtant, depuis qu'il l'avait revue l'année précédente, dans ce couloir du palais de Sadiq, un étrange sentiment l'habitait. Elle avait semblé sortir tout droit d'un rêve, d'un fantasme qu'il essayait pourtant de repousser de toutes ses forces. Il lui avait bien fallu se rendre à l'évidence : pendant ces cinq années, chaque fois qu'il avait quitté Paris pour assister aux célébrations d'anniversaire du sultan, c'était avec le secret espoir de revoir Jamilah…

Salman serra les dents, irrité. Elle aurait dû demeurer à jamais inaccessible, interdite. Pourtant, il n'avait pas pu résister. Il lui avait dérobé son innocence en la séduisant avec une muflerie éhontée, prouvant une fois de plus quel monstre de débauche il était.

Et, comme si cela n'avait pas suffi, il lui avait ensuite brisé le cœur avec une cruauté sans nom. Au fond de ses yeux magnifiques, il avait vu la quintessence de la souffrance. La joie candide et l'ingénuité de Jamilah s'étaient muées devant lui en désillusion et amertume.

Il n'arrivait pas à se pardonner, même s'il était certain de lui avoir rendu service en la sauvant de lui-même et des autres hommes. Lorsque, comme lui, on avait vu de près le visage du mal, on en restait traumatisé pour sa vie entière ; il n'était plus question d'établir de relations durables ou de confiance avec ses semblables.

Pourquoi alors avait-il embrassé Jamilah à la fête de Sadiq ? Il se souvient de la rage froide qui l'avait saisi en la voyant si mal escortée. Il avait eu envie d'exprimer une sorte d'instinct de propriété, comme si elle ne pouvait appartenir à personne d'autre que lui. Ses lèvres avaient le même goût délicieux et irrésistible qu'à Paris, quand il avait succombé à l'ivresse de la conquête.

Depuis, au cours de l'année écoulée, aucune femme n'avait réussi à lui inspirer du désir. Le souvenir de Jamilah suffisait à étouffer sa libido autrefois insatiable. Il ne pouvait plus toucher aucun corps féminin. C'était sans doute sa punition, ou sa planche de salut…

Nadim, qui avait de vagues soupçons et beaucoup d'intuition, avait abordé le sujet pendant leur dernière conversation.

— Tu ne verras probablement pas beaucoup Jamilah. Elle s'occupe du haras, et son travail l'accapare.

Salman, que le mot même de cheval terrorisait, ne risquait pas de la croiser dans les écuries…

Quand l'hélicoptère perdit de l'altitude pour s'approcher des pelouses du palais, une sensation de claustrophobie, proche de la panique, s'empara de Salman. Il rassembla tout son courage pour ne pas demander au pilote de faire demi-tour. Il devait vaincre ses peurs et se montrer assez fort pour tenir un mois. Après tout, même s'il avait été humilié à plusieurs reprises, d'autres que lui avaient survécu à de pires horreurs…

Il avait parfois connu la tentation de trouver l'oubli dans l'alcool ou la drogue sans jamais y succomber. Il accueillit avec un soupir résigné le flot de souvenirs qui l'assaillirent devant les murailles familières. Il ferait face, comme il l'avait fait jusque-là, en organisant des distractions qui engourdiraient sa souffrance.

*
* *

— Il fallait le voir descendre de l'hélicoptère avec son jean déchiré et sa chemise à moitié déboutonnée ! On aurait dit une rock star !

La vieille gouvernante grimaça d'un air dégoûté.

— Quelle honte, mademoiselle Jamilah ! Il ne ressemble vraiment pas à son frère…

— Cela suffit, Hana ! la coupa Jamilah impatiemment.

La domestique devint cramoisie.

— Excusez-moi.

— Ne vous inquiétez pas : Salman n'est là que pour un mois, jusqu'au retour de Nadim et Iseult.

— Oui ! Et dans quelques mois, nous aurons un bébé au palais !

Jamilah fit de son mieux pour dissimuler une pointe de jalousie. Elle adorait Nadim, de même qu'Iseult qui était devenue une amie, mais elle ne pouvait s'empêcher d'envier leur bonheur exubérant.

A la vérité, elle avait accueilli avec soulagement la nouvelle de leur départ pour l'Irlande tant il lui était de plus en plus difficile de côtoyer au quotidien ce couple éperdument amoureux. Depuis qu'Iseult était enceinte, Nadim la chérissait davantage encore et ne la quittait plus, lui témoignant sans cesse des marques de tendresse attentionnée.

Le répit de Jamilah avait cependant été de courte durée : elle n'avait pas tardé à apprendre la venue de Salman, qui remplacerait son frère à la tête du royaume pendant son absence. Nadim et Iseult avaient guetté sa réaction en lui annonçant la nouvelle. Même s'ils ne lui avaient posé aucune question sur la bizarrerie de son comportement chez le sultan d'Al-Omar, elle avait compris à une ou deux allusions qu'ils s'étaient douté que Salman y était pour quelque chose.

Elle pensait avoir donné le change.

— Salman doit être content, avait-elle répondu avec une nonchalance affectée. Cela fait si longtemps qu'il n'est pas revenu à Merkazad.

— Tu pourrais aller en France, avait gentiment suggéré Nadim.

Jamilah avait refusé tout net. Il n'était question ni de s'effondrer ni de prendre la fuite…

Hana se leva, tirant Jamilah de sa rêverie.

— Irez-vous au palais donner des directives aux domestiques pour le séjour du cheikh Salman ? lui demanda la gouvernante.

Non ! faillit-elle hurler. Elle prit une grande inspiration et figea un sourire flatteur sur ses lèvres.

— Vous avez les choses bien en main, Hana. Je vous fais entièrement confiance. J'ai assez à faire ici, au haras. De toute manière, vous pouvez toujours m'appeler en cas de besoin.

Heureusement, la gouvernante n'insista pas. Après son départ, Jamilah, le cœur battant, se renfonça dans son fauteuil avec un soupir.

Un mois.

Durant tout un mois, il lui faudrait se tenir à distance du palais. Tant qu'elle resterait au haras, elle serait en sécurité : Salman avait une telle horreur des chevaux qu'il ne viendrait sûrement pas la voir ici.

De toute façon, elle ne le craignait plus. Il était là, tout près, et cela ne lui faisait plus rien.

Plus rien du tout…

Jamilah ouvrit les yeux et jeta un regard au réveil. Cinq heures et demie. Elle fut tentée de se rendormir *illico*, mais, même si elle enfouissait la tête sous l'oreiller, la sonnerie de ce maudit téléphone continuerait à lui vriller les tympans. Ce réveil brutal et trop matinal ne l'aida pas à surmonter sa nervosité et sa mauvaise humeur. Au cours des journées précédentes, les atterrissages et décollages d'hélicoptères s'étaient succédé sans arrêt, en un véritable ballet. Et, malgré la distance, les échos d'une fête perpétuelle troublaient la quiétude du haras. Les chevaux en subissaient eux aussi les nuisances et s'agitaient dans leurs boxes.

En décrochant, Jamilah n'entendit tout d'abord que des propos incohérents. Elle entreprit de calmer Hana avant d'écouter une longue tirade de doléances.

— J'arrive, déclara-t-elle tout à coup, saisie d'une colère froide.

Elle s'habilla promptement avant de sauter au volant de sa Jeep ; elle atteignit le palais en moins de cinq minutes. Hana se tordait les mains de fatigue et de désespoir.

— Toutes les nuits, cela recommence. Jusqu'à l'aube... On ne s'entend plus parler tellement la musique est forte ! Il y a des bouteilles partout. Et ce gaspillage ! Quelle honte. Si Nadim était là...

Doucement mais fermement, Jamilah parvint à apaiser les plaintes hystériques de la vieille gouvernante.

— Réunissez tout le personnel pour un grand nettoyage et que Sakmal se tienne prêt à partir avec un bus. Je vais mettre tout le monde dehors.

Une heure plus tard, après avoir constaté les dégâts occasionnés par la bande de fêtards irrespectueux et peu scrupuleux invités par Salman, Jamilah bouillait de rage. Elle les avait poussés sans ménagement dans le bus que Sakmal conduirait jusqu'à l'aéroport d'Al-

Omar, où ils trouveraient sans peine un avion pour les rapatrier.

Avant que sa fureur ne retombe, elle se dirigea vers les appartements privés de Salman. Elle ouvrit la porte sans hésiter et la claqua violemment. Sur le moment, la douleur fut si vive qu'elle en eut le souffle coupé. Non, contrairement à ce qu'elle croyait, elle n'était pas guérie. Salman ne lui était pas indifférent…

Deux corps étaient vautrés sur le divan recouvert de brocart. Une bouteille de champagne et deux verres traînaient par terre. Une jeune femme blonde outrageusement maquillée, vêtue d'une minirobe en lamé, leva le bras qu'elle avait posé sur le torse dénudé de Salman.

— Il ne faut pas vous gêner ! lança-t-elle d'une voix épaissie par l'alcool.

Sans se laisser démonter, Jamilah s'approcha et la saisit par le bras pour l'obliger à se lever.

— Oh !

Sourde aux protestations de la blonde, Jamilah la poussa dans les bras de deux domestiques qui attendaient timidement sur le seuil.

— Accompagnez cette jeune fille dans sa chambre pour l'aider à rassembler ses bagages. Vous l'emmènerez ensuite à bord du bus et vous direz à Sakmal de partir. Il ne doit plus rester personne, maintenant.

Une fois seule, elle contempla douloureusement le play-boy indolent allongé en travers du canapé. Une barbe naissante ombrait ses joues, et une mèche de cheveux retombait sur son front, accentuant son air encore juvénile. Avec ses longs cils bruns recourbés, on aurait dit un ange déchu.

Jamilah crispa résolument les mâchoires pour résister à la vague de chaleur qui l'envahissait. Puis, déterminée, elle ramassa le seau à glace et se rendit dans la salle de bains pour le remplir d'eau froide. Quelques secondes plus tard, elle le renversa sur Salman.

Il bondit aussitôt sur ses pieds, prêt à se défendre.

A la vue de Jamilah, qui le dévisageait d'un air agressif, il ne fallut pas longtemps à Salman pour comprendre la situation. En même temps qu'une sorte de vertige, il éprouva une sensation curieuse, rassurante. Pour la première fois depuis son arrivée à Merkazad, il se sentait aux commandes, comme un capitaine de navire qui reprend la barre après une avarie.

Avec ses cheveux attachés en queue-de-cheval, sans maquillage, vêtue simplement d'un jean et d'un chemisier blanc, elle paraissait à peine dix-huit ans. Ses yeux d'un bleu très pur brillaient comme des saphirs au-dessus de ses pommettes roses. Jamilah était un vrai joyau comparée à toutes les femmes insipides et artificielles qui s'étaient disputées ses faveurs ces jours derniers. La honte et le dégoût lui nouèrent l'estomac quand il pensa à celle qui s'était endormie à côté de lui au petit matin, sur le divan…

Il se jura d'appeler son pilote au plus vite pour embarquer tous ses invités à bord de son jet privé et les renvoyer chez eux. Quoique, à en juger par l'expression résolue de Jamilah, elle était parfaitement capable d'avoir déjà pris les mesures qui s'imposaient.

— Comment oses-tu te conduire ainsi ? s'écria-t-elle, scandalisée. Tu te crois tout permis ? Ce palais ne t'appartient pas, et la pauvre Hana est dans tous ses états. Elle a bien assez à faire en temps ordinaire sans se prêter aux exigences insensées de tes compagnons de débauche. Le palais de Merkazad n'est pas un lupanar.

Jamilah s'interrompit, déconcertée par l'expression tranquille avec laquelle Salman l'observait. Il n'avait pas l'air ivre. D'ailleurs, il ne sentait pas l'alcool et avait les yeux plus vifs que jamais. Il croisa les bras avec désinvolture.

— Ce n'est pas très gentil de me réveiller ainsi ! Tu pourrais au moins m'embrasser.

Pour se donner une contenance, Jamilah posa le seau par terre. Quand elle se redressa, l'éclat de colère qu'elle vit briller dans le regard de Salman n'augurait rien de bon ; elle décida de s'enfuir au plus vite.

— Si tu t'ennuies tant que cela à Merkazad, lança-t-elle d'une voix glaciale, je te suggère d'aller te distraire à B'harani avec tes amis. Le bus qui va les y conduire s'apprête à partir, tu as juste le temps de les rejoindre.

Elle aperçut l'ombre d'un sourire sur les lèvres de Salman alors qu'elle se dirigeait vers la porte. Au moment où elle l'atteignait, il la rattrapa en l'empoignant par le bras.

— Où vas-tu ?

— Je… Laisse-moi !

Salman aurait dû obéir et la lâcher, il le savait. Mais c'était plus fort que lui…

— Tu ne m'as même pas dit bonjour poliment ! lança-t-il, ironique.

Jamilah le foudroya du regard.

— C'est toi qui parles de politesse, alors que tu n'es même pas capable de traiter courtoisement les domestiques du palais ?

— Tu n'as pas de remarques à me faire. Je suis ici chez moi.

— Vas-tu me reprocher d'être une intruse qui ne sait pas rester à sa place ? riposta-t-elle.

Même si elle ne faisait pas partie de la famille régnante, Nadim l'avait recueillie à la mort de ses parents avec beaucoup de gentillesse. De son côté, elle s'était toujours montrée aussi discrète que possible, s'efforçant toujours de ne pas abuser de la situation.

Elle essaya de se dégager de la poigne de Salman, sans y parvenir. D'un mouvement brusque, il l'obligea à lui faire face.

— Ce n'est pas ce que je voulais dire, et tu le sais très bien, déclara-t-il en la défiant du regard. Mais j'agis comme bon me semble et je n'ai de comptes à rendre à personne.

Poussée par la pugnacité, Jamilah le défia, au mépris de toute prudence :

— Tu ne peux pas raisonner ainsi, Salman ! Je ne te laisserai pas maltraiter les domestiques et mettre la demeure de Nadim et Iseult sens dessus dessous.

Le visage de Salman s'approcha dangereusement du sien. Elle sentit son souffle. Il n'avait pas bu, elle en était sûre à présent. Du coup, la scène qu'elle avait surprise n'avait plus aucun sens…

— Et je te répète que, en l'absence de Nadim, c'est moi le maître et j'invite qui je veux, annonça-t-il froidement.

Troublée par sa proximité et incapable d'articuler un son, Jamilah tenta une nouvelle fois de se dégager. Mais elle se retrouva adossée contre son torse, puis brusquement soulevée de terre par deux bras puissants qui l'enserraient au niveau de la taille. Elle eut beau battre des jambes furieusement, rien n'y fit, Salman ne lâcha pas prise et l'emmena dans la salle de bains. Elle était littéralement collée contre son corps mouillé.

Tout en la maintenant d'une main, il tourna le robinet de la douche. Elle essayait toujours de se libérer de son emprise, sans succès. Salman était terriblement musclé.

L'eau chaude coulait à présent, et la vapeur commençait à emplir l'atmosphère.

— Lâche-moi ! cria Jamilah, de plus en plus enragée. Qu'est-ce que tu fais ? Tu es fou !

Pour toute réponse, Salman la tira sous la douche avec lui. Puis, avec un sourire sardonique, il déclara :

— Je te rends simplement la monnaie de ta pièce !

3.

La rage froide qui s'était emparée de lui quelques secondes plus tôt commença à retomber. Salman ne voyait plus que le corps magnifique de Jamilah, moulé par ses vêtements trempés qui lui collaient à la peau.

Adossée à la paroi de la cabine, sous le choc, elle essayait de reprendre son souffle, malgré l'eau qui ruisselait sur son visage. Salman la maintenait fermement contre lui, une main plaquée sur son ventre, et la fixait durement, un éclat d'obsidienne au fond des yeux.

— Tu ne bouges pas ! ordonna-t-il sombrement quand elle voulut le repousser.

Rouge d'humiliation, Jamilah suivit son regard et aperçut la pointe de ses seins durcis, bien visible sous la dentelle de son soutien-gorge. Sa honte décupla.

Une fois de plus, elle tenta de se libérer mais Salman, emprisonnant ses poignets, l'obligea à lever les bras, l'exposant davantage encore. Elle se sentait bien trop vulnérable et se mit à se débattre, autant contre sa propre faiblesse que contre la force de Salman. Quand leurs hanches se heurtèrent, elle s'immobilisa soudain.

— Lâche-moi, souffla-t-elle.

Elle tenta de donner un coup de genou à l'endroit le plus sensible de son anatomie, mais il déjoua sa manœuvre et en profita pour glisser une jambe entre ses cuisses avec un rire narquois.

La riposte la rendit muette. Il était beaucoup trop fort. Sa poigne était aussi efficace qu'une paire de menottes. De son autre main, il lui prit le menton entre le pouce et l'index pour l'obliger à lever son visage vers le sien. Serrant les mâchoires, elle tenta de se détourner, vainement.

Il la considéra avec l'expression d'un prédateur prêt à fondre sur sa proie.

— Tu n'es pas un tout petit peu contente de me voir ? railla-t-il.

— Tu es la dernière personne au monde que j'aie envie de voir, rétorqua-t-elle, le cœur battant.

Il secoua la tête d'un air moqueur.

— La passion couve encore sous la surface, n'est-ce pas, Jamilah ?

Etait-elle donc si transparente ? Elle essaya de se protéger en affectant une désinvolture qu'elle était loin de ressentir.

— Bien au contraire. Je n'ai aucun sentiment pour toi, Salman. Ce qui a existé à Paris n'était que l'inclination éphémère que l'on ressent pour son premier amant, pas plus. Tu n'es rien pour moi. Je suis en colère parce que tu manques de respect à ton frère et ta belle-sœur en semant le chaos au palais. Je refuse de te regarder faire passivement.

Pour toute réponse, Salman se pressa contre elle, des étincelles crépitant dans son regard avide. Devant l'évidence dressée de son désir, Jamilah eut de plus en plus de mal à feindre l'indifférence.

— Tu es bestial ! s'écria-t-elle.

— Je suis d'accord, acquiesça-t-il, provocant. En ce moment, je me sens très animal.

Raffermissant l'étreinte de ses doigts, il se pencha pour prendre sa bouche, brutalement. Leurs corps se touchaient, poitrine contre poitrine, cuisses contre cuisses. Une vague de chaleur inonda Jamilah.

Elle avait envie d'arracher ses vêtements pour s'arc-bouter contre lui et frotter sa peau nue contre la sienne. Un souvenir torride, d'une autre époque, affleura à sa mémoire, embrasant ses sens. Une fois, à Paris, alors qu'ils prenaient leur douche ensemble, il l'avait soulevée dans ses bras, dans un moment de passion ardente. Elle avait noué ses jambes autour de sa taille, et ils avaient fait l'amour debout, avec une hâte fébrile.

Dans un mouvement de défi spontané, elle lui rendit son baiser ; elle regretta immédiatement cette folie quand Salman se fit plus pressant. Elle dut redoubler d'efforts pour ne pas sombrer dans le tourbillon vertigineux qui menaçait de l'engloutir en mêlant le passé et le présent. Elle ne devait pas oublier où elle se trouvait ni ce qu'il lui avait fait.

Elle saisit sa planche de salut au moment où Salman s'écarta. D'un mouvement brusque, elle s'échappa par en dessous et sortit de la cabine. Ses jambes tremblaient tellement que, chancelante, elle dut s'appuyer contre un mur.

Lorsque Salman se tourna lentement vers elle, les battements de son pouls s'accélérèrent encore. Une lueur de défi au fond des yeux, il commença à déboutonner son jean.

— Je vais me mettre à l'aise. Tu devrais faire pareil et me rejoindre, suggéra-t-il nonchalamment.

Jamilah secoua la tête véhémentement.

— Pour rien au monde ! Même si nous étions les deux seuls survivants sur Terre et que l'avenir de l'humanité dépende de nous !

Salman se contenta de sourire en baissant sa fermeture

Eclair, pendant qu'elle se demandait pourquoi elle restait là, immobile, comme fascinée, incapable de bouger.

— Nous ferions pourtant de beaux enfants, tu ne crois pas ? ajouta-t-il.

Un son étranglé sortit de la gorge de Jamilah. Elle aurait pu aussi bien fondre en larmes que gifler Salman. Une émotion poignante l'envahit. Elle avait un tel désir de porter l'enfant de cet homme ! Mais cette idée serait à jamais noyée dans l'amertume et la douleur, parce qu'elle avait déjà connu, même très brièvement, ce bonheur, avant que la nature ne suive un cours tragique. Salman ne saurait jamais quelle effroyable sensation de perte et d'arrachement elle avait subie…

En ce moment même, sans rien soupçonner de son tumulte intérieur, il continuait à se déshabiller en la toisant avec ironie. Pendant qu'elle le pouvait encore, et avant qu'il ne perçoive son émotion, Jamilah s'empara d'une serviette et s'enfuit de la salle de bains. La voix moqueuse de Salman la poursuivit :

— Lâche ! De quoi as-tu si peur ?

Après le départ de Jamilah, Salman s'appuya des deux mains contre le mur, tête baissée. Quelques minutes plus tôt, il avait tenu son corps captif entre ses bras. Il tourna le robinet d'eau froide pour tâcher de recouvrer son *self-control*. Cette femme le rendait littéralement fou de désir. Comme il aurait aimé empoigner ses petits seins ronds et fermes ! Il les aurait ensuite mordus comme deux fruits succulents.

Il poussa une sorte de cri sourd en se rendant à l'évidence : il n'y avait plus qu'une seule issue, désormais. Peu importait le passé, Jamilah reviendrait dans son lit jusqu'à ce qu'il soit rassasié d'elle. Et elle de lui. Leur désir mutuel, explosif et insatisfait, l'exigeait. Sinon il ne survivrait pas un mois entier à Merkazad en la sachant à proximité. Il en perdrait la raison.

Il ne s'inquiétait plus pour l'équilibre émotionnel de Jamilah. Ses états d'âme s'étaient évanouis. Après tout, elle n'était plus la jeune fille timide, innocente et idéaliste qu'il avait connue à Paris. La manière dont elle lui avait rendu son baiser en témoignait. Mais c'était lui qui l'avait changée. Il réduisit au silence la petite voix qui s'élevait au fond de lui.

Sa conscience se réveilla un instant. Il lui avait pris sa virginité sans se douter qu'elle n'avait aucune expérience. Il se souvenait encore du choc qu'il avait ressenti devant son expression douloureuse. Il avait marqué une hésitation, mais elle l'avait supplié en gémissant, et il n'avait pas résisté. Après tout, il n'était qu'un homme.

Ses lèvres se crispèrent. Ne l'avait-elle pas rassuré sur l'épisode parisien en lui parlant des amants qui avaient suivi ? Bizarrement, cette pensée ne le réconfortait pas.

Tout en se séchant et en s'habillant, il s'efforça de chasser Jamilah de son esprit. Pour l'instant, des choses plus urgentes réclamaient son attention. Il fallait s'assurer que ses bruyants amis étaient tous repartis. Pour la première fois depuis des années, la fréquentation de ces noceurs n'avait pas réussi à le couper de sa réalité intérieure.

— J'ai présenté des excuses à Hana, ainsi qu'à Hisham.

Jamilah se raidit et s'arrêta un instant de défaire sa valise. Elle avait fini par céder aux instances de la gouvernante et de l'aide de camp de Nadim pour s'installer au palais, dans l'une des chambres d'amis.

Debout sur le seuil, Salman était nonchalamment appuyé contre le chambranle de la porte.

— Je sais, répondit-elle avec raideur en essayant d'ignorer les réactions traîtresses de son corps.

Elle soupira. Salman avait toujours fait ce qu'il avait voulu d'Hana, qui était toujours prête à l'excuser.

Il haussa un sourcil sarcastique.

— On t'a chargée de me surveiller ? Tu vas me punir parce que je me suis mal comporté ?

Il n'avait rien perdu de sa morgue et ne semblait pas vraiment regretter quoi que ce soit. En croisant son regard, Jamilah se sentit immédiatement emportée par un trouble irrépressible. Salman avait toujours exercé sur elle un charme puissant. Elle résista de toutes ses forces.

— On m'a simplement demandé de m'installer au palais pendant l'absence de Nadim. Il y a beaucoup à faire et apparemment, tu n'assumes guère tes responsabilités de maître de maison.

Elle regretta sa dureté en apercevant une ombre fugitive sur le visage de Salman, qui se ressaisit très vite.

— Je dois être à la hauteur de ma réputation de mauvais garçon ! plaisanta-t-il.

— Pourquoi es-tu revenu ? demanda abruptement Jamilah, qui s'était pourtant juré de ne lui poser aucune question personnelle.

Une flamme dangereuse dansa dans les yeux de Salman.

— Je te le dirai si tu dînes avec moi ce soir.

Elle se crispa nerveusement en se rendant compte qu'il flirtait ouvertement avec elle.

— Ne compte pas sur moi pour te distraire et remplacer tes amis peu recommandables.

Résolument, elle se dirigea vers la porte pour la

refermer ; il l'en empêcha en posant une main sur le montant.

— Je suis là pour quelques semaines, Jamilah. Tu ne pourras pas m'éviter continuellement. Surtout maintenant que tu habites sous le même toit.

— Ce palais pourrait loger une armée entière, rétorqua-t-elle. Je n'aurai pas beaucoup d'efforts à faire pour ne pas te croiser. Maintenant, si tu veux bien m'excuser, la journée a été longue. Je suis épuisée et je veux me coucher de bonne heure.

Salman ne lui obéit pas. Il était trop près. Elle ne parviendrait pas très longtemps à masquer le trouble que son odeur virile produisait sur ses sens.

— Il y a quelque chose d'inachevé entre nous. Tu le sais très bien.

Une peur panique s'empara d'elle à ces mots. Elle était perdue si Salman décidait de la reconquérir, par ennui ou simple curiosité.

— Tu te trompes, protesta-t-elle avec vigueur. Tout est fini depuis longtemps entre nous et tu ferais bien d'en prendre conscience. Ce n'est pas parce que tu es chez toi que tu peux tout te permettre. Je te conseille de me laisser tranquille.

Après avoir quitté la chambre de Jamilah, Salman avait tourné comme un lion en cage dans ses appartements. Maintenant que la nuit était tombée, il contemplait Merkazad depuis sa terrasse, envahi par une sensation inhabituelle. La ville était relativement petite mais très belle, avec les nombreux minarets illuminés qui s'élevaient au-dessus des vieux quartiers et de-ci, de-là des réalisations architecturales contemporaines. Enfant, avant l'invasion des rebelles, il adorait se perdre dans la contemplation rêveuse de la capitale, en imaginant toutes sortes de contes fantastiques ; après sa captivité, il n'avait plus songé qu'à s'échapper au plus vite de la prison qu'était devenue pour lui Merkazad tout entière.

Il guettait la montée inévitable de l'émotion, avec la nausée qui l'accompagnait d'ordinaire. Pourtant, il se sentait étrangement calme, comme si cette vue s'était soudain dépouillée de son caractère maléfique.

La beauté de Jamilah l'obsédait. Elle lui avait paru fatiguée, tout à l'heure, avec des cernes mauves qui assombrissaient ses grands yeux bleus. Emu par sa vulnérabilité, il l'aurait volontiers serrée dans ses bras pour l'emporter très loin d'ici, dans la nuit étoilée, et la coucher sous lui pour la protéger.

Une petite voix lucide s'éleva en lui : non, il ne cherchait pas à la protéger ; il la désirait seulement.

Une fois pourtant, il avait éprouvé cet instinct protecteur. Il avait alors douze ans et elle six. Il se souvenait de l'enterrement de leurs parents comme si c'était hier. Jamilah était si frêle, et pourtant si stoïque ! Il avait ressenti avec elle une affinité qu'il n'avait plus jamais retrouvée avec personne d'autre.

Et si Jamilah était la clé de son étrange placidité face à un décor qui habituellement lui donnait la nausée ? Cette idée le perturba profondément.

Incapable de chasser Salman de son esprit, Jamilah se tournait et se retournait entre ses draps. Depuis deux nuits, elle dormait à peine, en proie à de terribles insomnies. Elle se demanda s'il ne serait pas préférable de voir Salman, qu'elle n'avait pas croisé depuis qu'elle l'avait chassé de sa chambre, un peu tous les jours. Cela finirait peut-être par l'immuniser ? De toute façon, tout valait mieux que cette agitation éprouvante. Elle sursautait au moindre bruit et n'arrivait plus à se concentrer sur son travail. Nerveusement, elle était à bout.

Au haras, il était au centre de toutes les conversations, surtout parmi les jeunes employées. « Est-ce vrai qu'il est encore plus riche que Cheikh Nadim ? », « C'est l'homme le plus beau que j'aie jamais vu ! », « Pourquoi ne vient-il jamais aux écuries ? »...

Ce dernier commentaire avait déclenché la colère d'Abdul, le contremaître :

— Il fait ce qu'il veut ! Tu n'as aucune remarque à faire.

Cette réaction complètement disproportionnée avait stupéfiée Jamilah. Abdul était très doux et n'élevait jamais la voix. D'ailleurs, il s'était aussitôt excusé de s'être emporté ainsi. Mais pourquoi s'était-il senti obligé de défendre Salman ?

Avec un long soupir, mélange de colère et de frustration, elle repoussa ses draps et se leva. Après avoir ôté sa chemise de nuit, elle se dirigea vers la salle de bains pour prendre une douche froide.

— Ce soir, tu dînes avec moi, déclara Salman sur un ton autoritaire.

Jamilah resserra sa main moite de transpiration sur le téléphone.

— Et pourquoi donc ?

— Nous avons à parler, toi et moi.

Son cœur se mit à battre plus fort.

— Je n'ai rien à te dire.

— Si. Tout le monde m'ignore dans ce palais, comme s'il fallait toujours s'en référer à toi. J'ai besoin d'aborder certains sujets. Tu ne voudrais tout de même pas que je dérange Nadim pendant ses vacances pour m'entretenir de banalités domestiques ?

Elle réagit aussitôt.

— Non, bien sûr.

— Parfait. A tout à l'heure.

Jamilah raccrocha et porta les paumes à ses joues cramoisies. Le souffle court, elle refoula les images qui affleuraient à sa mémoire. Plus jamais elle ne laisserait Salman approcher du cœur vulnérable de son être, comme autrefois à Paris.

Cependant, malgré la préparation mentale à laquelle elle s'était astreinte tout au long de l'après-midi, elle eut bien du mal, assise en face de lui dans le décor intimidant de la grande salle à manger, à conserver un semblant d'assurance.

Pourquoi avait-elle cédé à l'impulsion de se changer, pour revêtir une petite robe noire et de hauts talons ? Elle avait aussi défait ses cheveux et appliqué une touche de mascara, ainsi qu'une pointe de rouge à lèvres. Comme un masque ou une armure derrière lesquels se protéger…

Salman reposa son couteau et sa fourchette et elle leva son verre.

— Tu ne m'accompagnes pas ? demanda-t-elle sur un ton taquin. Tu ne t'es pas encore remis de tes excès de l'autre jour ?

— Je ne bois pas, déclara Salman abruptement.

Depuis qu'elle était entrée, il se surveillait constamment afin de ne pas trahir le désir qu'elle lui inspirait. Il n'avait qu'une envie : lui arracher cette robe qui effleurait sa silhouette sans rien révéler de ses formes.

Amenant un sourire poli sur ses lèvres, il ajouta :

— Je ne me drogue pas non plus.

Elle secoua la tête d'un air étonné.

— Alors comment as-tu pu supporter la présence de tes invités déchaînés ?

— Leur hédonisme facile me fascine. Tout comme leur détachement et leur légèreté.

Cet aveu excita la curiosité de Jamilah ; Salman semblait même les envier.

— J'ai du mal à croire que tu côtoies de telles personnes sans partager leurs habitudes malsaines.

Les yeux de Salman s'assombrirent.

— Crois-moi si tu veux, mais je n'ai été ivre qu'une seule fois.

Il marqua une pause avant d'ajouter, impassible :

— Et toi, Jamilah ? Tu ne fais jamais d'écarts de conduite ?

Au cours de leurs soirées parisiennes, elle s'était plusieurs fois abandonnée à une griserie légère, délicieuse. Presque inconsciemment, elle repoussa son verre.

— Je ne suis pas un parangon de vertu, mais je n'ai pas besoin d'artifices pour masquer la réalité.

Il lui sourit avec une tristesse infinie.

— Tu te réveilles tous les matins pleine d'optimisme, confiante en la vie et en ton avenir ?

Jamilah se figea. Ce n'était plus vrai depuis longtemps. Désormais, elle ouvrait les yeux au réveil avec un terrible sentiment de vide… Depuis sa fausse couche, elle avait peur de ne plus pouvoir tomber enceinte. Personne ne savait ce qu'elle avait enduré – et elle n'allait certainement pas mettre son âme à nu devant Salman ! Ces temps derniers, en plus, le bonheur de Nadim et Iseult avait encore accentué son impression d'isolement.

Elle tamponna ses lèvres de sa serviette et regarda sa montre ostensiblement.

— De quoi voulais-tu me parler, Salman ? Je dois

me lever tôt demain matin : trois pouliches sont prêtes à mettre bas aux écuries.

Le teint de son compagnon devint brusquement cendreux, à tel point qu'elle se pencha vers lui pour mettre la main sur son bras.

— Salman ?

Mais il se ressaisit si vite qu'elle crut avoir rêvé. Se levant abruptement, il se dirigea vers un secrétaire pour en sortir un dossier. Elle le suivit des yeux en rougissant, et se maudit de ne pas réussir à cacher son trouble quand il se retourna. Il posa sur la table un dossier de presse concernant une rencontre à propos de la crise financière entre chefs d'Etat, qui devait se tenir à Paris.

Elle le regarda d'un air indécis.

— Que dois-je comprendre ?

— Je dois aller à Paris à la place de Nadim.

Etrangement, Jamilah ne se sentit même pas soulagée par ce départ imminent.

— Eh bien, bon voyage, déclara-t-elle en se levant à son tour. Je tâcherai de ne pas trop souffrir de ton absence.

Salman n'avait pas reculé. Ils se touchaient presque. Paniquée, elle s'écarta en hâte mais se prit les pieds dans le tapis ; deux mains puissantes la rattrapèrent aussitôt par la taille.

— Tu m'accompagnes en France, déclara Salman en plongeant ses yeux noirs dans les siens.

4.

Jamilah eut besoin de quelques secondes pour comprendre le sens des paroles de Salman. Ensuite, très vite, elle chercha à se libérer de l'emprise de ses mains qui enserraient ses avant-bras. Sans succès.

— Il n'en est pas question, réussit-elle néanmoins à articuler.

Abandonnant la lutte, physiquement en tout cas, elle reprit sur un ton catégorique :

— On a besoin de moi ici.

A son grand soulagement, Salman la lâcha enfin ; elle s'empressa de reculer d'un pas.

— Lis ceci, lui dit-il. Tu en trouveras une copie sur ton bureau.

Elle remarqua immédiatement la signature : le texte était de Nadim. Au fur et à mesure de sa lecture, elle avait l'impression de s'enfoncer dans des sables mouvants.

« Jamilah devrait t'accompagner. Il y aura à Paris de gros propriétaires de haras de Dubaï, avec lesquels j'ai déjà pris contact. Malheureusement, cette rencontre internationale a lieu en même temps qu'une vente de yearlings ici, à Dublin. Sinon, je m'y serais naturellement rendu en personne... »

Jamilah reposa la feuille de papier en faisant attention à ne pas trembler. Pourquoi Nadim lui jouait-il ce mauvais tour ? En fait, la réponse était sans doute simple : elle l'avait convaincu que son frère l'indifférait totalement. D'autre part, Nadim ne lui demandait rien d'extraordinaire : elle l'avait parfois représenté pour conclure des transactions.

Indécise, elle essaya de gagner du temps.

— Nadim n'est-il pas un peu imprudent de te confier tant de responsabilités ? S'il te prend la fantaisie d'enfreindre le protocole, ce dont tu es tout à fait capable, cela risque de porter tort à Merkazad.

Sur l'instant, Salman sembla atteint dans son orgueil. Puis son expression se durcit, impénétrable.

— C'est justement la raison pour laquelle tu ne dois pas me laisser seul. Il y va de la réputation de notre pays.

Jamilah comprit qu'il se moquait d'elle – elle l'avait bien mérité. Malgré tout, elle doutait sincèrement des compétences diplomatiques de Salman. N'avait-il pas depuis toujours abandonné le gouvernement de Merkazad à son frère ? Déjà, à l'époque de leur adolescence, il s'en moquait ostensiblement et se dispensait des séances que leur précepteur organisait avec toutes sortes d'experts et de conseillers. Curieusement, pour des raisons qu'elle ignorait, Nadim ne s'en était jamais plaint, alors qu'entre les deux frères la tension avait toujours été palpable.

D'un autre côté, c'était la première fois que Salman avait l'air de s'intéresser aux affaires du pays : il aurait été malvenu de lui mettre des bâtons dans les roues.

D'ailleurs, il valait mieux ne pas insister et faire comme si la perspective de retourner à Paris avec lui ne l'affectait pas. C'était le meilleur moyen de garder ses distances. En plus, elle rendait service à Nadim.

— Bien, déclara-t-elle d'un ton le plus blasé possible. J'irai avec toi.

Il la scruta si intensément qu'elle devint écarlate. Avait-il deviné ses pensées ? De toute façon, depuis qu'ils s'étaient embrassés sous la douche, il savait probablement à quoi s'en tenir… Un frémissement courut sur sa peau quand il lui sourit.

— Parfait. Tu logeras avec moi.

— Dans ton appartement ? Je peux aussi descendre à l'hôtel.

Il secoua la tête.

— J'ai vendu mon appartement depuis des années. J'ai une suite au Ritz, avec une chambre vide. Tu l'occuperas.

— Tu n'es pas obligé… Je peux très bien… bredouilla Jamilah, paniquée.

Il balaya ses réticences d'un geste.

— Ne sois pas ridicule. Les conférences se dérouleront dans les salons du Ritz. C'est la solution la plus pratique.

En posant le pied sur la passerelle, Jamilah respira à pleins poumons l'air frais et vif de novembre. A bord du jet privé, la proximité de Salman lui avait pesé tout au long du voyage, même s'il était resté plongé dans ses dossiers. C'est à peine s'il avait remarqué sa présence. Cela ne l'avait ni soulagée ni rassérénée…

Une limousine avec chauffeur les attendait à l'aéroport pour les emmener directement dans le centre de Paris. Jamilah, qui n'y était jamais revenue depuis sa funeste histoire d'amour, se sentit assaillie par une vive émotion.

Salman ne quittait pas des yeux le profil de la jeune femme ostensiblement tournée de l'autre côté. Elle était si belle qu'il en avait le cœur serré.

Pendant le voyage, il s'était absorbé dans son travail pour ne pas céder à la tentation d'entraîner Jamilah dans la chambre à coucher, à l'arrière de l'appareil. Assez étonnamment, il avait découvert un certain intérêt à tous ces dossiers. Pour la première fois de son existence, Merkazad éveillait en lui une sorte d'instinct protecteur, tellement inhabituel que cela l'inquiétait.

— Pourquoi as-tu vendu ton appartement ? demanda Jamilah.

Parce qu'il m'était insupportable d'y retourner après ce jour-là..., répondit-il silencieusement, tout en haussant les épaules.

— Je m'en suis lassé. J'ai préféré louer une suite au Ritz.

— N'est-ce pas un peu impersonnel ?

— Cela me convient à merveille.

Jamilah avait aperçu une ombre fugitive et énigmatique passer sur les traits de Salman. Elle songea qu'aucune femme ne risquait de s'illusionner sur la durée d'une relation quand les rencontres avaient lieu dans une chambre d'hôtel...

— Tu sais, Salman, parfois tu me fais pitié, s'échauffa-t-elle. Tu as coupé les ponts avec ta famille, tu vis à l'hôtel, tu n'entretiens même plus de relation suivie avec ton propre frère...

Il l'interrompit d'une voix cinglante :

— Je n'ai besoin de la pitié de personne, et surtout pas de la tienne, Jamilah. J'ai fait mes choix en connaissance de cause. Si c'était à refaire, je n'agirais pas différemment.

Puis, sans lui laisser le temps de réagir, il l'embrassa avec une passion aussi soudaine qu'inexplicable. Décontenancée, envahie par un mélange d'émotions confuses d'où ressortait une tendresse incompréhensible, Jamilah s'agrippa aux revers de sa veste pour lui rendre son baiser, attisant le feu qui couvait entre eux.

Avec un grondement, Salman la pressa contre lui ; elle enfouit les doigts dans ses cheveux pour l'attirer encore plus près. A ce moment précis, elle aurait tout donné, tout sacrifié pour s'abandonner à l'élan de folie qui éloignait enfin son mal de vivre, la douleur dont cet homme était responsable et qui l'accompagnait sans répit depuis des années.

Mais c'est justement cette pensée, émergeant sous la violence de son désir, qui l'obligea à réagir. Elle était pratiquement allongée sur la banquette arrière, décoiffée, la jupe relevée, à la merci de Salman. Même si le chauffeur avait remonté discrètement la vitre de séparation, elle se sentit mortifiée de s'être exposée ainsi.

Le souffle court, Salman releva lui aussi la tête.

— Ta pitié ne m'intéresse pas, je te le répète. Mais le désir est toujours là entre nous. Rien n'a changé.

Elle ouvrit la bouche pour protester, mais il ne lui en laissa pas le temps :

— Ne prétends pas le contraire, Jamilah. Ce serait un mensonge indigne de toi, dont j'ai toujours apprécié la franchise.

Elle remit de l'ordre dans sa tenue, refit son chignon de ses mains tremblantes. Avec ses lèvres gonflées et ses joues écarlates, il aurait été ridicule de nier son trouble…

— Même si j'éprouve du désir, ce n'est pas une raison pour y céder. Tu m'as déjà rejetée une fois, l'expérience m'a suffi.

— Je regrette de t'avoir fait souffrir. Je n'en avais pas l'intention.

— Que veux-tu dire ?

Une lueur indéfinissable s'alluma dans les yeux de Salman.

— Je n'avais pas envie de rompre. Mais quand tu m'as dit que tu m'aimais… je me suis senti obligé de le faire.

Presque aussitôt, un masque poli recomposa ses traits, à tel point que Jamilah se demanda si elle n'avait pas imaginé l'expression tourmentée lue sur son visage durant quelques secondes. Quand il recommença à parler, ce fut avec son assurance coutumière.

— Maintenant que le temps a passé et que tu es sortie indemne de cette histoire, pourquoi t'obstiner à nier l'attirance que nous éprouvons l'un pour l'autre ? Nous sommes adultes, nous avons de l'expérience…

Jamilah avait de plus en plus de mal à saisir le sens de ses paroles. Il l'avait quittée malgré lui, parce qu'elle était amoureuse ? C'était incompréhensible. De toute façon, cela ne changeait rien à la brutalité du dénouement. Paniquée, dissimulant du mieux possible le tumulte que cet aveu avait provoqué en elle, elle essaya de répondre le plus froidement possible.

— Je ne souhaite pas poursuivre cette conversation. Tu es sans doute en manque de distractions, mais tu trouveras probablement une ancienne maîtresse pour te satisfaire. Moi, je ne suis pas disponible.

Ils arrivèrent à ce moment-là devant le célèbre palace parisien, au grand soulagement de Jamilah. Même si elle se félicitait de sa réponse, elle se sentait mal à l'aise et vulnérable. Son anxiété s'accentua quand Salman l'agrippa par le bras, juste au moment où le portier s'approchait avec déférence.

— Le lieu est pourtant bien choisi pour renouer les fils de notre histoire. Cela ne sert à rien de résister puisque tu finiras par céder. Et sache que les autres femmes ne m'intéressent pas. C'est toi que je veux. Comme toi tu me veux. Je serai là quand tu seras enfin décidée à l'admettre. De toute façon, ton corps m'a déjà répondu.

Quelques minutes plus tard, Salman considérait la porte lambrissée qui venait de lui claquer au nez. Une clé tourna dans la serrure et, malgré sa frustration, il esquissa un petit sourire sarcastique. Puis il s'assit un instant sur le canapé. La suite comprenait deux chambres avec salles de bains et salons séparés, ainsi qu'un bureau équipé de la technologie la plus récente.

Il n'avait jamais rencontré pareille résistance chez aucune femme. Néanmoins, il était déterminé. Sous le vernis glacé, il avait perçu le profond émoi de Jamilah. Il allait lui faire la cour comme il ne l'avait encore jamais fait à personne.

Cette résolution adoucit un peu l'inconfort de sa frustration, et il se dirigea vers le bureau pour s'immerger dans le travail.

Après avoir vainement cherché le sommeil pendant des heures, Jamilah avait fini par recourir à une douche froide, une fois de plus, pour calmer son tumulte intérieur. La clé qu'elle avait tournée dans la serrure était impuissante à la protéger de Salman, qui s'infiltrait malgré elle dans son esprit… et dans son corps. Après quelques heures d'un mauvais sommeil, elle se sentait fatiguée, les yeux bouffis.

Elle s'habilla d'un tailleur strict, gris ardoise, et d'un chemisier blanc boutonné jusqu'au col, puis ramassa ses cheveux en queue-de-cheval. Inspirant profondément pour se donner du courage, elle fit son entrée dans le salon principal de la suite.

Rien n'aurait pu la préparer à ce qu'elle découvrit : Salman était debout près de la fenêtre, en costume traditionnel merkazadi blanc et or, accompagné du turban assorti. Terriblement impressionnée, elle subit instantanément les effets de son charme dévastateur.

Il haussa les sourcils.

— J'ai le droit de m'habiller à ma guise et de choisir mon rôle.

Jamilah lui servit un sourire crispé, tâchant de faire bonne figure. Pourtant, cet accoutrement la ramenait très loin en arrière, à l'époque où Nadim et lui avaient revêtu ces vêtements traditionnels pour assister aux obsèques de leurs parents. Elle combattit vaillamment l'indicible mélancolie qui l'envahit.

— C'est stupéfiant comme l'habit peut changer quelqu'un, remarqua-t-elle avec une ironie mordante. Tu as une allure… presque royale.

Il posa une main sur son cœur dans une pose théâtrale.

— Tu me blesses, Jamilah. Autant que si tu me traitais d'imposteur.

— Je ne suis pas là pour te juger, Salman, ni pour te flatter.

Il accusa le coup avant de s'approcher, la mine sombre.

— Je ne cherche ni la rédemption, ni l'absolution. C'est quelque chose de beaucoup plus… immédiat et palpable qui m'intéresse.

Jamilah recula, paniquée.

— Je vais prendre mon petit déjeuner au restaurant. Je te rejoindrai directement dans la salle de conférence.

Tandis qu'elle tournait les talons, la voix narquoise de Salman la poursuivit :

— Sauve-toi si tu veux. Ta capitulation finale n'en sera que plus douce pour moi.

Après une matinée bien remplie, à écouter toutes sortes d'interventions et de discours, Jamilah se sentait légèrement étourdie. Le calme et l'autorité qui émanaient de Salman l'avaient impressionnée. Il était par ailleurs extrêmement bien documenté, ce qui avait surpris plusieurs de ses interlocuteurs, habitués à sa réputation de play-boy inconséquent. Nadim en personne n'aurait pas fait meilleure figure. Salman avait même proposé quelques avancées audacieuses auxquelles son frère, trop prudent, ne se serait sans doute pas risqué.

A midi, elle essaya de s'éclipser discrètement, espérant trouver une petite brasserie dans les environs ; mais une main qu'elle aurait reconnue entre mille se posa sur son bras.

— Je vais déjeuner à l'extérieur. Seule, souffla-t-elle.

Salman lui jeta un regard déterminé.

— Non. Nous déjeunons ensemble.

— Mais tu dois manger avec les membres des autres délégations, protesta-t-elle.

— Me connaissant, tu devrais t'abstenir de me donner des conseils que je ne suivrai pas.

Bien obligée de capituler, Jamilah le suivit avec une moue boudeuse vers les jardins situés à l'arrière de l'hôtel. Il faisait un temps particulièrement clément pour un mois de novembre, avec un ciel très pur. Le couvert était dressé pour deux sur une petite table à l'abri des regards, sous une ravissante charmille.

Un majordome se précipita pour tirer la chaise de Jamilah et lui donner la carte. Embarrassée, elle fit son choix pendant qu'un serveur débouchait une bouteille de champagne et remplissait deux flûtes.

— Je prendrai la même chose que madame, dit simplement Salman.

L'endroit était idyllique. Une musique douce parvenait jusqu'à leurs oreilles, couvrant le bruit lointain de la circulation. Un bouquet de fleurs coupées égayait la blancheur de la nappe, et le feuillage de la tonnelle formait comme un écrin de verdure qui les protégeait.

Pourtant, peu à peu, Jamilah recouvra ses esprits. Reposant sa serviette, elle se leva.

— Je sais parfaitement ce que tu manigances avec cette mise en scène, lança-t-elle. Comme je te l'ai dit hier, tu perds ton temps. Tu ferais mieux d'appeler une de tes anciennes maîtresses.

Jamilah allait-elle lui fausser compagnie ? se demanda Salman. Il dissimula ses craintes sous un masque impavide. Il fallait la rassurer. Il balaya le décor d'un geste blasé.

— Ne te laisse pas impressionner par leur cérémonial. En réservant une table dehors, je ne m'attendais pas à tout ce tralala.

Jamilah fléchit, soudain dans le doute. Peut-être était-elle trop naïve, mais Salman n'avait effectivement pas l'habitude de déployer un luxe ostentatoire.

— Vraiment ? Tu voulais juste déjeuner dehors ?

Il hocha la tête d'un air si convaincant qu'elle se rassit. Après tout, même si le repas était un peu trop fastueux à son goût, il s'agissait seulement de déjeuner ensemble. Pourquoi en faire toute une histoire ?

Elle jeta un coup d'œil furtif à sa montre.

— De toute façon, nous n'avons pas beaucoup de temps. La réunion reprend dans trois quarts d'heure.

Le serveur arriva à ce moment-là avec les hors-d'œuvre. Jamilah dévora de bon appétit ses asperges à la sauce mousseline. Avec la nervosité qui lui nouait l'estomac ce matin, elle avait à peine touché à son petit déjeuner. Elle mourait de faim.

Se sentant observée avec attention, elle rougit violemment et se tamponna les lèvres avec sa serviette pour cacher ses joues écarlates. La gorgée de champagne qu'elle avait bue lui tournait la tête, la rendant plus sensible à l'atmosphère idyllique. Et au charme de Salman…

— Tu peux te vanter d'une belle réussite, lança-t-il soudain. Une modeste employée qui gravit les échelons au point de mener des négociations avec de gros propriétaires, ce n'est pas monnaie courante.

Elle esquissa un très léger sourire.

— Je ne renâcle pas devant des tâches plus rebutantes, comme le nettoyage des écuries, par exemple.

Il inclina la tête, songeur.

— Tu t'acquitterais aussi à merveille de plus hautes responsabilités. Je t'imagine bien prendre la direction du haras.

Ces paroles lui firent l'effet bienfaisant et doux d'une gorgée de miel. Depuis l'obtention de son diplôme de vétérinaire, Jamilah rêvait de décrocher un poste important au haras de Merkazad. Elle pouvait déjà s'estimer heureuse de sa progression, mais ce serait merveilleux de réaliser si vite son ambition…

Elle haussa les épaules avec une nonchalance affectée.

— J'ai toujours adoré les animaux, tu le sais bien. Un tel poste comblerait tous mes espoirs.

Le timbre de Salman se voila d'une brume indéfinissable, presque nostalgique.

— Je le sais. Tu as eu raison de te consacrer pleinement à ta passion.

Elle garda le silence pendant qu'on leur apportait la suite. Enfant, elle se confiait souvent à Salman, qui lui prêtait une oreille attentive, mais sans se livrer beaucoup lui-même. A Paris aussi, durant leurs trois semaines de relation, il était resté sur sa réserve, évitant de s'épancher. Cela n'avait pas empêché la magie d'illuminer leur histoire, comme si leurs rapports étaient, qu'ils le veuillent ou non, frappés d'un sceau secret, qui les liait malgré eux. Cela avait rendu le rejet de Salman encore plus douloureux et incompréhensible…

Pourquoi évoquait-il le passé, encore une fois ? La veille déjà, il avait laissé entendre qu'il avait rompu sans le vouloir… Se serait-il opposé à sa décision si elle avait sacrifié ses rêves pour rester avec lui ?

Absorbée dans ses réflexions, Jamilah n'en sortit qu'à la fin du repas, lorsque le serveur lui demanda si elle prendrait un dessert. Pour changer de sujet, elle interrogea alors Salman sur ses activités.

Il fit la grimace.

— J'ai fait une thèse en économie, sur les agences de notation. Je fais donc partie de ces horribles *golden boys* qui dirigent le monde depuis que la finance a pris le pas sur la politique.

Avec un petit sourire ironique, il ajouta :

— Pour moi, les affaires n'ont jamais aussi bien marché.

— Tu as ta propre agence ?

— Oui. Al-Saqr Investissements.

Jamilah tripota nerveusement sa serviette.

— Et… cela ne t'ennuie pas d'être accusé de tous les maux par les temps qui courent ?

Il haussa les épaules.

— Je ne suis pas responsable de la crise actuelle. Ce n'est pas à cause de moi que les gens continuent à investir leur argent en bourse ou dans les fonds de pension.

— Tu as l'air complètement détaché, indifférent.

— Oui. Cela colle bien avec mon métier et mon mode de vie, n'est-ce pas ? J'ai perdu mon âme depuis longtemps, Jamilah. Tu devrais le savoir. Je suis tout tordu à l'intérieur, habité par des forces obscures.

Jamilah sentit brutalement son cœur se serrer. Pourquoi Salman avait-il une si piètre opinion de lui-même ? Pensait-il ce qu'il venait de lui dire ? Il avait l'air si convaincu !

Elle revit le petit garçon qui l'avait consolée devant la tombe de ses parents. Quelle ironie ! Il avait essayé, à l'époque, de lui communiquer sa force, et cette précieuse énergie s'épuisait aujourd'hui justement à cause de lui…

Néanmoins, pendant trois semaines idylliques, il lui avait témoigné une gentillesse et une générosité infinies. Elle l'avait alors retrouvé tel que dans son souvenir, indulgent pour ses bavardages incessants, affectueux… C'est seulement le jour où elle était, selon lui, allée trop loin, franchissant une ligne invisible, qu'il l'avait repoussée sans ménagement en dehors de son univers.

Ce qu'elle avait jusque-là considéré comme de la pure cruauté se prêtait maintenant à une interprétation plus floue et ambiguë. Pourquoi parlait-il aussi durement de lui-même ? Que lui était-il arrivé pour justifier une telle noirceur ?

Elle posa les yeux sur lui et prit peur. Tout cela ne la concernait plus. Si elle s'abandonnait à la curiosité, elle était perdue. Il ne fallait plus s'intéresser à lui. Plus du tout.

Abruptement, elle se leva et invoqua la première excuse qui lui passait par la tête.

— Je dois remonter dans ma chambre pour chercher un dossier.

Mais Salman lui emboîta le pas. Après un signe discret au majordome, il lui prit galamment le bras pour l'escorter à travers les jardins. Devant la porte à tambour, un groom s'inclina devant eux avec une déférence marquée.

Dans un éclair de lucidité, Jamilah maudit sa naïveté.

— J'avais raison, tout à l'heure. Tu avais manigancé toute cette mise en scène pour m'impressionner !

Il la couva de ses yeux de braise.

— Je veux te reconquérir.

Elle se raidit.

— N'insiste pas. Tu n'y arriveras pas.

— C'est déjà trop tard, Jamilah. Je ne crois pas au destin, mais autre chose d'infiniment plus fort nous réunit.

Sans lui laisser le temps de protester, il l'enlaça et pencha son visage vers le sien. Elle posa une main sur son torse pour le repousser, mais il était illusoire de lutter contre lui. Les jambes vacillantes, elle poussa une exclamation de dépit en sentant le désir l'envahir en même temps que les lèvres de Salman se posaient sur sa bouche. Puis, cédant à la passion de ce baiser enivrant, elle se hissa sur la pointe des pieds et jeta les bras à son cou.

Presque aussitôt, le cœur battant à tout rompre, elle éprouva une sorte de dégoût pour sa faiblesse. Elle se retrouvait encore une fois dans la même situation…

— Ose répéter que je n'arriverai pas à te séduire, murmura Salman, triomphant, à son oreille.

Comment aurait-elle pu nier ? Elle garda le silence.

— Nous sommes dominés par une force qui nous

dépasse, poursuivit-il. Un désir infini qui s'est allumé sans se consumer jusqu'au bout.

Jamilah réussit enfin à s'écarter de lui.

— Contrairement à toi, j'ai beaucoup de respect envers moi-même, déclara-t-elle. Je veille soigneusement à me tenir loin de toutes les influences néfastes. Je résisterai à ce désir, Salman, et je ne céderai pas à tes assauts. Je te conseille donc de trouver quelqu'un d'autre. S'il te plaît.

Et elle pria le ciel qu'il se rende à ses raisons.

5.

Heureusement, Jamilah n'avait pas été obligée de côtoyer Salman durant l'après-midi qu'elle avait passé avec l'émissaire de Dubaï. Mais elle redoutait la réception prévue en soirée, et ses craintes n'avaient fait qu'augmenter à mesure que l'événement approchait.

Elle prit une profonde inspiration avant d'examiner son reflet dans le miroir. Son maquillage dissimulait les ravages de ses dernières nuits sans sommeil, ainsi que ses yeux rougis par les pleurs après la scène du déjeuner. Tout au fond d'elle-même, un abominable sentiment d'inéluctable la tenaillait.

Elle avait choisi une robe bustier longue, de soie bleu nuit, à l'élégance raffinée, qui dénudait les épaules et le dos. Sa mère, l'un des premiers mannequins arabes, lui avait communiqué très tôt le goût des belles étoffes et des bijoux. Jamilah ne possédait pas une garde-robe très fournie, mais ses vêtements étaient de qualité.

Après avoir vérifié son chignon, elle ajouta des saphirs à ses oreilles, assortis à son collier, ramassa son étole en fourrure sur le dossier d'une chaise et sortit pour rejoindre son cavalier.

Il l'attendait en feuilletant négligemment un magazine. Dans son smoking blanc, il était plus séduisant que jamais. Elle tomba en arrêt sur le seuil.

Salman leva les yeux sur Jamilah, qui venait d'entrer

dans le salon. Son fourreau de soie mettait en valeur la perfection de sa silhouette. Un très joli pendentif, qui s'arrêtait à la naissance de ses seins ronds et fermes, faisait ressortir sa carnation délicate. S'ils ne quittaient pas immédiatement la pièce, il n'allait pas pouvoir s'empêcher de la jeter sur son lit, et elle le haïrait pour le restant de ses jours. Mais c'était déjà probablement le cas, depuis qu'il l'avait repoussée cruellement, six ans auparavant…

Il posa son magazine.

— Allons-y si nous ne voulons pas manquer le discours d'inauguration.

Jamilah eut l'impression étrange que le sol basculait sous ses pieds. Avait-elle rêvé ces quelques secondes d'une densité incroyable, durant lesquels le cours du temps avait semblé suspendu ?

Dans l'ascenseur, elle se tint tremblante et vulnérable devant Salman, qui avait retrouvé sa mine taciturne des mauvais jours. Au moins, cela lui permettait de raffermir ses résolutions, qui s'étaient affaiblies tout au long de la journée. Elle devait résister. A tout prix.

Dehors, en l'aidant à placer son étole sur ses épaules, il tressaillit à son contact.

— Laisse, protesta-t-elle sèchement. Ne me touche pas.

Elle regretta aussitôt sa remarque coupante. Mais elle avait les nerfs à fleur de peau, et le trouble de Salman la remplissait de confusion.

Le chauffeur ouvrit la portière mais ils ne bougèrent ni l'un ni l'autre.

— Tu es aussi émue que moi, n'est-ce pas ? murmura Salman à son oreille. Si nous ne nous étions pas dépêchés de sortir, j'aurais déchiré ta robe, et nous serions en train de faire l'amour, avec une passion que nous ne connaissons encore ni l'un ni l'autre. J'ai même failli arrêter l'ascenseur. Et si je m'écoutais, je te coucherais sur la banquette arrière de la limousine. Là, tout de suite. Aucune femme ne m'a jamais inspiré autant de désir que toi, tu m'entends ?

Jamilah ouvrit la bouche, mais aucun son n'en sortit. Sa détermination s'envolait en même temps que les paroles de Salman éveillaient en elle un besoin impérieux. La gorge sèche, elle imagina leurs deux corps nus, enlacés et moites de transpiration, les jambes emmêlées et le cœur battant à tout rompre tandis que le plaisir les terrassait.

Sadiq, le sultan d'Al-Omar, la sauva en apparaissant à leur côté. Salman retrouva un masque poli pour le saluer. Le sultan, qui avait prêté sa limousine à des invités, leur demanda une place dans leur voiture, ce qui donna à Jamilah le loisir de recouvrer ses esprits.

Pendant le trajet, les deux hommes discutèrent de banalités. Jamilah aurait été bien en peine de se mêler à la conversation. La violence de la réaction de Salman l'avait plongée dans un profond trouble. De nouveau, le sentiment d'une fatalité inéluctable l'assaillait. Aurait-elle la force de résister la prochaine fois que Salman lui parlerait ainsi ?

Deux heures plus tard, Jamilah était sur des charbons ardents. Elle avait déployé de vains efforts pour maîtriser son agitation intérieure. Salman, qui ne l'avait même pas effleurée, se surveillait constamment lui aussi.

Ils étaient sur le chemin du retour, sans le sultan qui était reparti de son côté avec une brune opulente. Sadiq jouissait d'une réputation de séducteur qui n'avait rien à envier à celle de Salman…

Entre eux, dans la voiture, la tension était palpable. Tout à coup, au pied de la tour Eiffel illuminée, Salman demanda au chauffeur de s'arrêter. Il se tourna alors vers Jamilah.

— Cela ne t'ennuie pas de sortir quelques instants ?

Ravie de respirer un peu d'air frais, elle secoua la tête avec soulagement. La musique d'un orgue de barbarie flottait dans l'air ; Salman lui prit la main. Plusieurs couples flânaient comme eux, main dans la main, ainsi que des groupes d'adolescents. Ils s'arrêtèrent devant un manège à l'ancienne, décoré de lampions colorés.

— J'adore les manèges depuis que je suis tout petit, murmura Salman avec une expression mélancolique.

— Pourtant il n'y en a jamais eu à Merkazad, observa Jamilah.

— Si, autrefois, avant l'invasion des rebelles. Ils l'ont détruit.

— Oh… On devrait en installer un.

— Quelqu'un le fera peut-être un jour, répondit-il, énigmatique.

Frappée par la fixité de son regard, Jamilah s'enhardit à émettre un commentaire qui lui brûlait les lèvres :

— Les chevaux de bois sont inoffensifs…

Il tressaillit imperceptiblement.

— Je n'ai pas peur des chevaux. Je préfère simplement ne pas m'en approcher.

Son visage avait pris un teint cireux, comme sous l'effet d'une phobie incontrôlable.

Obéissant à une impulsion, Jamilah lâcha la main de Salman et monta sur le manège en retroussant sa robe. Puis, après avoir donné une pièce au forain, elle s'assit sur un cheval de bois. Envahie par une délicieuse sensation de légèreté enfantine, elle tira la langue à Salman avec une grimace comique. Aussitôt, jetant lui aussi une pièce au propriétaire du manège, il la rejoignit, debout à côté d'elle.

— Tu n'as pas le droit de rester là ! protesta-t-elle en riant. Il faut t'asseoir.

Pour toute réponse, il se contenta de la serrer par la taille ; quand le cheval de bois commença à monter et descendre, elle s'accrocha à ses épaules. Sa jambe frottait contre le torse de Salman, qui tendit les mains vers son visage pour l'attirer à lui. Elle n'eut pas la force de résister. Leurs bouches se joignirent, puis se quittèrent, suivant le mouvement incessant du manège dans une sorte de transe enivrante.

Quand la musique se tut, ils demeurèrent tendrement enlacés, perdus dans un baiser passionné. Jamilah entendit vaguement les sifflements vulgaires d'une bande de jeunes qui passait. C'est seulement quand le forain les interpella qu'ils s'écartèrent.

Les joues cramoisies, les jambes en coton, Jamilah frissonnait de désir. Elle songea que Salman avait peut-être raison, après tout : il fallait se purger de l'obsession envahissante qui les empêchait de vivre. Ils ne s'en libéreraient qu'à ce prix.

L'attention de Salman fut soudain attirée par une baraque de tir. Un petit garçon d'une huitaine d'années était en pleurs parce qu'il avait raté sa cible. Sa mère tentait vainement de le consoler, sous le regard imperturbable du responsable du stand.

Il tira Jamilah dans son sillage, puis s'accroupit devant le garçonnet pour s'adresser à lui dans un français parfait, sous les yeux médusés de la mère. Au bout d'un court conciliabule, comme l'enfant avait désigné du doigt l'objet de sa convoitise, Salman acheta un ticket. Puis il se plaça derrière le gamin et lui tint le bras pour l'aider à viser en gardant son équilibre. Ils touchèrent la cible du premier coup.

Coupant court aux effusions et aux remerciements de la mère et de l'enfant, il s'éloigna rapidement en agitant la main, entraînant Jamilah de l'autre. Sa bonne humeur retomba aussitôt.

— Je n'aurais pas dû l'encourager, murmura-t-il comme pour lui-même. Il valait mieux le laisser sur un échec. Il n'aurait pas eu envie de recommencer. Maintenant…

— « Maintenant » quoi ? demanda-t-elle, effrayée par ce comportement déconcertant.

Un gouffre s'était subitement creusé entre eux, alors qu'ils étaient si proches quelques minutes plus tôt… Salman se retirait loin en lui-même, dans un endroit impénétrable. Il la regarda sans la voir, avec une expression opaque, indéchiffrable.

— Rien. C'est sans importance.

Elle comprit qu'il éludait. Pourquoi diable ne voulait-il pas lui expliquer ce qui s'était passé ?

— C'est toi qui l'as fait gagner, dit-elle. Mais ce n'est pas très grave. Ce n'est qu'un jeu.

— Il ne faut jamais jouer avec les armes à feu, répondit-il sombrement.

— Pourquoi dis-tu cela ? Où as-tu appris à tirer aussi bien ?

Pendant un long moment, il se tut. Ils remontèrent dans la limousine. Alors qu'elle s'engageait dans le trafic, il prononça une phrase sibylline, d'une voix métallique, dénuée de toute émotion :

— J'ai eu de la chance ; c'était juste un coup de veine.

Ensuite, il se tourna vers la vitre, et le reste du trajet s'effectua dans un silence total.

Ils s'engouffrèrent dans le hall de l'hôtel, puis dans

l'ascenseur. Comme ils en sortaient, Jamilah lut une telle souffrance dans ses yeux qu'elle s'approcha instinctivement de lui, la main tendue.

— Qu'y a-t-il, Salman ?

Mais il avait déjà retrouvé son expression impavide.

— Rien. Va te coucher.

A ces mots, il tourna les talons pour se réfugier dans ses appartements. L'esprit confus, Jamilah demeura immobile quelques minutes, indécise. Puis, galvanisée par une impulsion inexplicable, elle ouvrit sans frapper la porte de communication et pénétra dans la chambre de Salman. Il était debout dans le noir, devant la fenêtre, les mains dans les poches.

Il ne se retourna pas.

— Je t'ai dit d'aller te coucher, lança-t-il simplement.

— Tu n'es pas mon père. J'irai au lit quand j'en aurai envie.

Il ne bougea pas plus lorsqu'elle s'approcha. Exaspérée, elle le prit par le bras pour l'obliger à lui faire face. Dans la lumière du clair de lune, son visage paraissait blême, vide.

— Que se passe-t-il, Salman ? Tu m'embrasses passionnément et, l'instant d'après, tu me repousses comme si j'avais la lèpre.

Il lui sourit d'un air narquois.

— Tu as envie de coucher avec moi ?

Il émit un sifflement avant d'ajouter :

— Quel exploit ! Je m'attendais à patienter au moins deux jours, mais cela n'aura pris que vingt-quatre heures. Qu'est-ce qui a eu raison de tes résistances ? Ma gentillesse avec ce petit garçon ou ma dextérité à manier une arme à feu ?

Sans pouvoir se retenir, Jamilah le gifla. Fort.

— Tu mérites bien cela, lança-t-elle en tremblant.

Pas pour ce que tu viens de dire, mais pour ce que tu m'as fait il y a six ans.

Comme elle repartait dans sa chambre, Salman déclara avec amertume :

— Ne te méprends pas, Jamilah. Mon désir est toujours aussi vif. Mais attention ! Si nous couchons ensemble, je ne pourrai pas t'offrir plus que la dernière fois à Paris. En tout cas, je t'aurai prévenue. Tu ne pourras pas me reprocher mon manque de sincérité.

— Va au diable, Salman ! lança-t-elle.

— Je lui tiens compagnie en enfer depuis longtemps, répondit-il avec un calme déconcertant.

En dépit de tous les signaux d'alarme qui s'allumaient pour l'avertir du danger, Jamilah s'arrêta et se retourna.

— Que veux-tu dire ?

6.

La question de Jamilah frappa Salman de plein fouet, en même temps que l'envahissait un mélange de colère et de lassitude. Cela faisait si longtemps qu'il se battait pour rester maître de lui-même, et cette femme détruisait d'un seul coup toutes ses défenses, sans même en avoir conscience…

Quand Jamilah vit la marque de ses doigts sur la joue de Salman, le remords la saisit. Elle proféra des excuses embarrassées. Jamais de sa vie elle n'avait levé la main sur quelqu'un.

— Ne sois pas désolée, déclara-t-il d'une voix sinistre. C'est bien fait pour moi.

— Tu n'as tout de même pas envie d'être puni !

— Pourtant je le mérite, non ?

Jamilah fronça les sourcils, perplexe. De quoi parlait-il ? De l'attitude qu'il avait eue six ans plus tôt ? Elle avait plutôt l'impression qu'il faisait allusion à autre chose.

— Que s'est-il réellement passé ce soir ? l'interrogea-t-elle. Pourquoi cette scène avec le petit garçon t'a-t-elle autant affecté ?

Il la considéra d'un air lourd de reproches, qui la renforça pourtant dans sa résolution : elle ne battrait pas en retraite.

— Cela n'aucun intérêt pour toi.

Une colère sourde s'empara de Jamilah. Il se dérobait

parce qu'elle touchait un point très sensible, le cœur même de sa part sombre et mystérieuse.

— Ne prends pas ton air supérieur, s'il te plaît ! répliqua-t-elle.

De nouveau, un masque lugubre figea les traits de Salman.

— Je ne veux pas discuter de cela maintenant.

— Quand seras-tu disposé à en parler ?

— Probablement jamais, avoua-t-il, les lèvres pincées. Je ne veux pas t'infliger cela.

— C'est déjà fait !

Elle avait conscience qu'ils ne parlaient pas de la même chose ; cependant, tout était lié, inextricablement. Les noirs secrets qui habitaient Salman et l'ignominie avec laquelle il l'avait traitée – sans oublier cette défiance qui l'empêchait de se confier.

Brusquement, il l'attrapa par le poignet.

— Tu es bien sûre de pouvoir tout entendre, Jamilah ?

L'instant était décisif, tendu à l'extrême. Très lentement, pour dissiper ses derniers doutes, elle hocha la tête.

— Oui.

Il plongea le regard dans ses immenses yeux bleus, avec la sensation à la fois de se noyer et de se raccrocher à une planche de salut. Il avait du mal à croire à la réalité de ce qui se passait. S'apprêtait-il vraiment à divulguer ce que personne ne savait ? La honte de sa vie ? Il avait pourtant besoin de se décharger de son fardeau ; et s'il s'y résignait, ce ne pouvait être qu'avec Jamilah.

Tout à l'heure, à la baraque de tir, il avait agi instinctivement, sans se poser de question. C'était seulement après que ses souvenirs l'avaient rattrapé, avec une violence d'autant plus déstabilisante qu'il venait de partager un merveilleux moment de grâce avec Jamilah.

Il s'était laissé emporter comme si la légèreté lui était permise, alors que le poids du passé plombait son existence tout entière.

Et puis il avait peur de la réaction de Jamilah. S'éloignerait-elle pour toujours après ses aveux ? Quelle ironie si ses confidences trop longtemps retenues causaient finalement sa perte !

Jamilah observait sur le visage blême de Salman les signes de la lutte sans merci qui se livrait en lui. Lâchant brusquement son poignet, il se laissa tomber sur une chaise tandis que, la gorge sèche, elle s'asseyait au bord du lit.

Il courba la tête avant de se redresser d'un mouvement vif, le regard perçant.

— Tout ce que je t'ai raconté à Paris était faux. Quand je prétendais qu'il n'y avait jamais rien eu entre nous.

Un bourdonnement sourd emplit les oreilles de Jamilah, qui faillit défaillir de stupeur et de soulagement à la fois.

— Mais… pourquoi as-tu menti ?

— Pour te faire partir.

Il lui sourit tristement.

— Maintenant, cela n'a plus guère d'importance puisque tu as très vite oublié notre aventure, ta première expérience pourtant. Mais tu parlais d'amour, à l'époque, et j'ai voulu remplacer ce sentiment par de la haine. J'aurais peut-être pu éviter de forcer le trait.

Jamilah ne trouva pas tout de suite la force de répondre.

— Tu tenais donc tant à m'éloigner ? demanda-t-elle finalement dans un souffle.

— Oui. Parce que j'étais incapable de te rendre cet amour. Je ne le pourrai jamais.

Jamilah leva brièvement les yeux au ciel. Elle avait déjà entendu ce discours et, aussi désireuse soit-elle de creuser le sujet, elle devait le faire parler des origines de ses blocages émotionnels et non des conséquences.

— Tu t'apprêtais à me dire quelque chose, Salman.

— Oui, je te dois au moins cela.

Elle se contenta de hocher la tête, l'estomac noué par un pressentiment abominable.

Au bout d'un silence interminable, Salman se mit à parler d'une voix blanche, comme pour maintenir, une fois encore, ses émotions à distance :

— Merkazad fut envahie la semaine qui suivit mon huitième anniversaire. Sans aucun avertissement. Nous n'avions aucune raison de nous croire en danger, mais le sultan d'Al-Omar avait tout simplement décidé de tirer un trait sur notre indépendance pour annexer notre territoire.

Jamilah n'ignorait rien de ces faits historiques. Le père de Sadiq avait mené le raid à la tête d'un bataillon de soldats implacables.

— J'ai été enfermé avec ma famille dans un donjon, reprit Salman, pendant que le carnage et le pillage faisaient rage aux alentours. Notre armée livrait une rude bataille aux frontières pour repousser les renforts ennemis, et notre réclusion s'est prolongée. Nos gardiens, des hommes aguerris et sans pitié, ont commencé à s'ennuyer…

Il s'interrompit, une expression si douloureuse sur les traits que Jamilah en frissonna.

— Pour se distraire, ils jetèrent leur dévolu sur moi et se livrèrent à une petite expérience. Ils se demandaient combien de temps il leur faudrait pour transformer un petit garçon bien élevé en… quelque chose de beaucoup plus malléable.

Horrifiée, elle se figea en attendant la suite.

— Tous les jours, ils venaient me chercher dans le donjon transformé en prison. Au début, fier d'avoir leurs faveurs, je me vantais auprès de Nadim. D'ordinaire, c'était lui, l'aîné, qu'on distinguait. Je ne comprenais pas ce qui terrifiait mes parents. Quand ils essayaient de me parler pour me mettre en garde, on leur donnait le fouet pour les châtier. Les premiers temps, on me soigna comme un coq en pâte. Les soldats m'offraient des gâteaux et des friandises. Je jouais même au football avec eux.

La mâchoire crispée, il se tut un instant et prit une grande inspiration.

— C'est après que tout s'est gâté. J'ai été privé d'eau et de nourriture. Ils ont commencé à me frapper, d'abord avec leurs poings, puis avec le fouet, sous les prétextes les plus futiles. J'étais désemparé. Ceux que je croyais mes amis étaient devenus des ennemis. Le soir, quand ils me ramenaient dans ma prison, je ne jouais plus le fier-à-bras ; mais je n'osais rien dire. Comment aurais-je expliqué à Nadim ce qui se passait ? Je ne le comprenais pas moi-même. Déjà, à cette époque, j'étais trop orgueilleux pour appeler à l'aide. Néanmoins, mon frère avait deviné ce qui se tramait. Il a supplié les soldats de le prendre à ma place. Ils l'ont ignoré. Ils m'ont même menacé de le tuer si je refusais de les suivre.

La gorge nouée, Jamilah devait malgré tout endurer ce récit jusqu'au bout. C'était sa seule chance de comprendre l'homme que Salman était devenu.

— La succession des jours se brouilla dans mon esprit, reprit-il. J'ai oublié beaucoup de choses, mais, un beau matin, les coups cessèrent de pleuvoir. J'avais totalement perdu confiance en moi. Je n'étais plus que l'ombre de moi-même. Ils m'avaient brisé. J'étais devenu leur esclave, qui leur servait le thé ou cirait leurs bottes.

Il ferma les yeux un long moment puis les rouvrit en soupirant.

— Mais cela ne s'arrête pas là. Comme ils recommençaient à s'ennuyer, ils ont imaginé de me transformer à leur image, en soldat cruel et sanguinaire. Ils m'ont donné un fusil et m'ont emmené aux écuries pour m'entraîner.

— Oh ! mon Dieu ! s'écria Jamilah en portant une main épouvantée à sa bouche.

— Même quand les relations s'améliorèrent entre Merkazad et Al-Omar, des années après la fin du conflit, mon père ne leur pardonna jamais d'avoir abattu tous nos chevaux. Jamais il ne sut que c'était moi, le responsable. Les soldats du sultan m'avaient obligé à les prendre pour cible. J'ai vite progressé parce que je n'avais droit qu'à une balle par animal, pas plus. Si je ratais mon coup, ils laissaient la bête agoniser sans l'achever.

Jamilah secoua lentement la tête, épouvantée. Voilà pourquoi Salman savait si bien viser… Et pourquoi il évitait soigneusement les chevaux et les écuries.

— Abdul a pris ta défense, un jour, murmura-t-elle, anéantie. Je ne comprenais pas pourquoi…

Sur la joue de Salman, un muscle tressaillit.

— Le premier jour, Abdul a essayé de les arrêter. Ils m'ont alors offert une alternative : les chevaux ou lui. J'étais devenu comme eux ; pour survivre, j'acceptais de commettre les pires horreurs. Le jour où nos alliés bédouins nous ont enfin délivrés, ils m'ont trouvé en embuscade sur un toit, avec un fusil. J'avais réussi à échapper à la surveillance des soldats et j'étais prêt à les abattre comme des chiens. On m'avait tellement insensibilisé que j'étais prêt à tuer des êtres humains.

Jamilah se sentait comme prise de nausée.

— Comment peux-tu supporter de mettre les pieds dans le sultanat d'Al-Omar après cela ?

— Le sultan Sadiq n'a rien à voir avec son père. Lui et Nadim ont fait la paix depuis longtemps. Il a personnellement veillé à l'épuration de l'armée de son père.

Sans réfléchir, Jamilah vint s'agenouiller aux pieds de Salman. La poitrine comprimée par un poids douloureux, elle leva les yeux vers lui et prit une de ses mains dans les siennes.

— Comment imaginer de telles horreurs ?... Pourquoi n'en as-tu jamais rien dit à personne ?

— Parce que je me suis senti coupable pendant très longtemps. Comment aurais-je pu avouer à mon père ce que j'avais fait ? Il ne m'aurait jamais pardonné – en tout cas, c'est ce que je pensais. Pendant des années, j'ai été en proie à des cauchemars épouvantables : poursuivi par des troupeaux de chevaux enragés, j'avais peur de tomber d'épuisement et d'être piétiné à mort sous leurs sabots.

— Ce n'était pas ta faute. Tu n'étais pas responsable.

Salman lui sourit avec lassitude.

— C'est une chose de le savoir intellectuellement et une autre d'en convaincre son inconscient.

Il se leva abruptement et, dégageant sa main, rejeta la tête en arrière d'un air sévère.

— Voilà, tu sais tout maintenant. Mon récit ne t'a pas déçue, j'espère ?

— Salman...

Il ne répondit pas à l'intonation généreuse qu'il avait perçue dans sa voix. Il supportait difficilement de s'être mis à nu. Il avait à la fois peur et envie de déchiffrer les émotions qui troublaient les grands yeux bleus de Jamilah.

— Tu connais maintenant la noirceur de mon âme, reprit-il. Cela ne change rien à mon désir pour toi. Néanmoins, je comprendrais parfaitement que tu sois déçue, voire dégoûtée.

Devant l'expression à la fois stoïque et vulnérable de Salman, Jamilah faillit se mettre à pleurer. Encore sous le coup de ses terribles révélations, elle avait une boule d'angoisse dans la gorge. Elle réussit néanmoins à reprendre la parole.

— Ces confidences ne m'ont pas éloignée de toi, Salman. Bien au contraire. Tu as été victime et tu étais beaucoup trop jeune pour supporter pareille épreuve, surtout seul.

Elle avait senti combien il en avait coûté à Salman de se livrer. A présent, il risquait d'en éprouver du regret et de la colère, surtout s'il pensait y avoir été poussé contre son gré. Du coup, peut-être préférait-il être seul… Jamilah choisit donc de partir sur la pointe des pieds pour ne pas lui imposer sa présence.

Sur le seuil, elle s'arrêta, mais sans se retourner.

— Je suis contente que tu m'aies parlé.

Après le départ de Jamilah, Salman s'absorba dans ses pensées. Il avait été facile de se confier… Et il avait eu tort de redouter la réaction de son ancienne maîtresse : elle ne l'avait pas écrasé de sa pitié.

Une terrible bataille se livrait maintenant dans son for intérieur. Assouvirait-il son désir sexuel en trouvant asile entre ses bras ou la repousserait-il très loin de lui pour la protéger ? La situation n'avait guère changé. Six ans après leur brève relation, il en était au même point.

Pas tout à fait pourtant. Jamilah avait écouté sans se boucher les oreilles la terrible histoire qui le hantait depuis si longtemps. Même s'il avait perçu sa compassion, il ne s'y était pas abandonné. Pourtant, il avait eu envie d'enfouir le visage contre sa poitrine. Les cauchemars et les souvenirs avaient souvent menacé de le faire sombrer dans la folie ; lui qui avait toujours refusé aide et réconfort, même dans les heures les plus sombres, aurait voulu la supplier de ne jamais l'abandonner.

Le caractère de leur relation avait changé. Et si son désir était plus fort que jamais, cette fois-ci, ce serait à Jamilah de venir à lui en faisant le premier pas. En serait-elle capable ? Et en aurait-elle le courage ?

Couchée dans son lit, les yeux grands ouverts, Jamilah songeait aux horreurs que Salman avait endurées. Tant de choses s'expliquaient, maintenant. Ses humeurs sombres, ses accès de tristesse, la froideur de ses relations avec Nadim, son exil, sa phobie des chevaux… Pourtant, même si elle connaissait désormais ses démons intérieurs, il demeurait une énigme à bien des égards.

Dieu merci, le lien qui les unissait depuis l'enfance existait bel et bien. Il ne l'avait nié que pour la faire partir, six ans auparavant. Aurait-elle moins souffert en restant à Paris, même en sacrifiant sa carrière ?

Elle finit par sombrer dans un sommeil agité, plein de mauvais rêves et de visages hideux, déformés par la haine. Quand elle s'éveilla le lendemain matin, Salman était déjà parti.

Il voulait sans doute la laisser libre, ne pas s'imposer à elle après ses aveux, afin qu'elle décide de l'attitude à adopter. Elle ne savait plus si elle aurait la force de lui résister. Elle avait terriblement envie de le consoler et de panser ses blessures. Sa confession avait détruit ce qui restait de ses défenses ; elle n'avait plus rien pour se protéger, pas même sa colère. Elle courait un grand danger.

Ce soir-là, après un dîner de gala à l'hôtel, Jamilah accepta de prendre un verre au bar avec Ahmed, l'aide de camp du sultan d'Al-Omar. Elle se sentait encore coupable de lui avoir fait faux bond l'année précédente, lorsqu'elle avait quitté en toute hâte la réception après ses retrouvailles orageuses avec Salman.

C'était du moins l'excuse qu'elle se donnait car elle dut bien s'avouer que, encore bouleversée par les révélations de Salman, elle l'évitait par peur d'affronter son regard pénétrant. Elle avait rusé pour descendre sans lui un peu avant l'heure du dîner. En entrant dans la salle de restaurant, il l'avait cherchée des yeux pour la déshabiller du regard, avec une telle impudeur qu'elle était devenue écarlate. Elle avait été ensuite incapable de profiter des mets raffinés qui leur avaient été servis.

— Jamilah.

Elle sursauta et adressa un sourire d'excuse à Ahmed.

— Désolée… J'étais perdue dans mes pensées.

Elle posa une main sur son bras. Ce n'était pas très gentil pour lui de se montrer aussi distraite…

— Je crains de ne pas être de très bonne compagnie, ce soir. Si nous… reportions ce rendez-vous ?

Ahmed acquiesça d'un air déçu, tandis que Jamilah se désolait d'être à ce point obsédée par Salman qu'elle n'en trouvait plus aucun charme aux autres hommes.

— C'est à cause de Salman al Saqr, n'est-ce pas ? demanda Ahmed en se levant.

Comme elle s'empourprait, il ajouta :

— Ne vous inquiétez pas, cela ne saute pas aux yeux.

Mais je vous ai déjà vus ensemble l'année dernière, rappelez-vous.

Confuse, Jamilah le suivit jusqu'à l'ascenseur.

— Vous avez deviné juste, avoua-t-elle.

— Je me mêle peut-être de ce qui ne me regarde pas, mais il a très mauvaise réputation avec les femmes.

Pauvre Ahmed, se dit-elle pendant qu'il la raccompagnait jusqu'à sa porte. Sa sollicitude la touchait. Pourquoi ne lui laisserait-elle pas au moins une chance ?

Elle se rapprocha de lui.

— Embrassez-moi.

Il lui parut presque comique, avec son air choqué.

— Euh… Oui, bien sûr.

Au moment où il se penchait vers elle, Jamilah regretta son impulsion. Trop tard : Ahmed avait déjà les mains sur sa taille !

A ce moment, la porte de la suite s'ouvrit et, sans comprendre comment, Jamilah fut arrachée des bras d'Ahmed. Son soulagement fut de courte durée car c'était désormais Salman qui l'enlaçait. Le pauvre Ahmed, terrorisé, recula en bredouillant un vague bonsoir et s'enfuit sans demander son reste.

Jamilah ouvrit la bouche, mais aucun son n'en sortit. Son corps, lui, se réjouissait de se serrer contre celui de Salman…

Il la tira dans les appartements et claqua violemment la porte en la foudroyant du regard.

— Qu'est-ce que cela signifie ? « Embrassez-moi », répéta-t-il en imitant son intonation.

Jamilah se réfugia derrière sa colère, ce qui la dispensa d'affronter d'autres émotions.

— C'est très grossier d'écouter aux portes ! Et de quel droit t'es-tu permis de congédier Ahmed ?

Salman fit la grimace.

— Je n'ai même pas eu besoin de prononcer un mot. Il a tout de suite compris qu'il était de trop. Comme l'année dernière.

Il marqua une pause Et la fixa intensément.

— Je te dégoûte sans doute, maintenant ; à cause de moi, d'horribles images ont dû envahir ton esprit.

Il la lâcha, et ce fut elle qui le retint par le bras.

— Non, Salman. Tu te trompes.

— Alors explique-moi comment tu peux me préférer ce… crapaud.

Jamilah se crispa. Puis elle se souvint de la répulsion qu'elle avait elle-même éprouvée au moment où Ahmed allait l'embrasser. Elle dévisagea Salman, si beau, si fier… Comment pouvait-il s'imaginer qu'elle en désirait un autre ?

Salman passa une main nerveuse dans ses cheveux. Il n'arrivait pas à maîtriser l'épouvantable jalousie qui le dévorait depuis qu'il avait vu Jamilah quitter la salle de bal en compagnie d'Ahmed. Et ils avaient failli s'embrasser ! La rage l'aveuglait. Il n'osait même pas regarder Jamilah. Jamais il ne s'était senti aussi faible et sans défense devant quelqu'un. Pas même enfant, devant les soldats d'Al-Omar…

Jamilah sentit sa colère se transformer en quelque chose d'infiniment plus complexe – et explosif. Dans le même temps, une grande tendresse l'avait envahie face à Salman, ainsi qu'elle l'avait redouté toute la journée. Maintenant qu'il lui avait confié ses tourments secrets, c'était à elle de prendre l'initiative ; de lui prouver l'intensité du désir qui la taraudait. De toute façon, elle ne pouvait plus se passer de lui. Il lui était devenu aussi nécessaire que l'air qu'elle respirait.

Soudain, une joie indicible la transperça, balayant

toutes les autres émotions. Le moment était venu de capituler devant Salman. Il fallait cesser les hostilités.

— Si tu n'as pas compris que ma grimace de dégoût s'adressait à Ahmed et pas à toi, tu manques singulièrement de perspicacité, déclara-t-elle. Et maintenant, embrasse-moi !

Visiblement choqué, il se raidit. Elle passa alors les bras à son cou, se sentant pour la première fois maîtresse de la situation. Puis elle se hissa sur la pointe des pieds et pressa les lèvres sur celles de Salman. Comme il ne réagissait pas, elle s'écarta légèrement.

— Qu'y a-t-il ? Tu ne supportes pas qu'une femme prenne l'initiative ?

Il l'enlaça par la taille tandis que ses lèvres dessinaient un sourire amusé.

— Oh ! ce n'est pas du tout un problème. Je veux juste savoir une chose : es-tu bien certaine de savoir ce que tu fais ?

Jamilah fit taire les sirènes d'alarme qui résonnaient dans sa tête et se pressa contre lui de toute la force de son être.

— Parfaitement. Je suis adulte depuis longtemps.

7.

Un sourire dévastateur illumina le visage de Salman, et Jamilah frissonna d'impatience.

— Je t'aime encore davantage en femme dominatrice et autoritaire.

Puis, sans lui laisser le temps de répondre, il la poussa à reculons jusqu'au mur du fond. Alors seulement, il baissa la tête. Une délicieuse sensation de chaleur courut dans les veines de Jamilah, qui enfouit les doigts dans ses cheveux. Leurs souffles et leurs langues se mélangèrent fébrilement.

Cela faisait trop longtemps qu'elle se mourait de désir pour lui. Elle ignorait d'où lui était venue son audace, mais elle se félicitait d'avoir eu le courage de se jeter à l'eau. Bientôt, elle ne fut plus capable de la moindre pensée cohérente : Salman avait commencé à faire glisser la fermeture Eclair de sa robe. Puis, sa bouche quitta la sienne pour descendre le long de son cou, jusqu'à ses épaules. Les jambes tremblantes, Jamilah s'appuya contre le mur.

Le haut de sa robe glissa, dévoilant un sein, et Salman se recula pour la contempler. Quand son aréole durcit sous le regard de son amant, Jamilah se mordit la lèvre. Impudique, elle faillit réclamer des caresses, mais Salman la devança en prenant son sein dans sa paume.

— Comme tu es belle ! J'ai tant rêvé de toi, si tu savais…

Il passa son pouce sur le téton dressé. Sa bouche remplaça alors ses doigts, et Jamilah poussa un gémissement étranglé en pressant le visage de Salman contre sa poitrine.

Une hâte fébrile la gagna au souvenir de la volupté que lui seul savait éveiller en elle.

— A toi, maintenant… souffla-t-elle. Je veux te voir aussi.

Il obtempéra. Avec une aisance sensuelle, une sorte de grâce, même, il ôta son smoking et se débarrassa de ses chaussures. Il s'était étoffé depuis la dernière fois qu'elle l'avait vu torse nu. Il était devenu plus viril, plus musclé aussi, avec une carrure très large.

Il tira sur son caleçon, qui tomba à terre, et se tint nu devant elle, le sexe fièrement érigé. Jamilah se mordit la joue : elle avait presque oublié combien Salman était beau.

Il avança d'un pas pour prendre son menton entre le pouce et l'index. De l'autre main, il fit glisser la deuxième bretelle de sa robe, qui rejoignit les autres vêtements sur le plancher. Elle ne portait plus qu'une petite culotte de dentelle noire et ses hauts talons. Il la détailla longuement, lui causant des frissons incoercibles partout où ses yeux se posaient.

Lorsqu'il ôta l'épingle de son chignon, ses longs cheveux noirs se répandirent sur ses épaules. Lentement, comme pour s'assurer de son désir, il insinua un doigt entre ses cuisses, lui arrachant un petit cri.

Il s'agenouilla à ses pieds et lui enleva ses chaussures.

— Je veux te goûter, murmura-t-il, les yeux brillants.

Après lui avoir retiré sa culotte, il prit doucement sa jambe droite et la plaça sur son épaule. En sentant son souffle chaud, Jamilah porta son poing serré à sa bouche. La langue de Salman entreprit de fouiller ses replis les plus secrets. Prisonnière de cette offensive sensuelle, impuissante, elle se mordit les phalanges presque jusqu'au sang pendant que Salman, inexorablement, l'emmenait au point de non-retour. Tout à coup, quelque chose explosa en elle, comme une gerbe d'étoiles dans la nuit.

S'il ne l'avait pas soutenue, elle se serait écroulée sur le sol. Ses jambes ne la portaient plus. Au bout de quelques minutes, elle recouvra un peu ses esprits ; Salman la souleva alors dans ses bras, encore toute palpitante.

Autrefois, entre eux, c'était ainsi, d'une intensité sauvage et débridée. Chaque fois. Après l'avoir étendue sur le lit, Salman la regarda longuement. Elle se sentait délicieusement femme dans ses yeux. Devant l'évidence de son désir viril, n'y tenant plus, elle tendit la main.

— Viens, Salman… S'il te plaît !

Il la rejoignit enfin, s'allongeant au-dessus d'elle en prenant appui sur ses mains.

— J'ai presque mal tellement j'ai envie de toi, fit-il d'une voix rauque.

Elle noua les mains derrière sa nuque pour l'attirer plus près, savourant le poids de ce corps sur le sien.

— Montre-moi où tu as mal, murmura Jamilah, lascive.

— Ici…

Il posa un doigt sur ses lèvres, et elle s'empressa de l'embrasser, de le lécher, de le mordiller.

— Ici aussi, ajouta-t-il en montrant son torse puissant.

Elle le caressa, promenant la bouche sur sa peau frémissante. Comme il s'écartait légèrement, son sexe dressé frôla son clitoris, et elle souleva les hanches instinctivement à sa rencontre. Son désir était si intolérable qu'elle poussa un gémissement désespéré quand Salman s'éloigna un instant pour se protéger.

Heureusement, ce ne fut pas long. A peine quelques secondes plus tard, il la couvrit de nouveau de son corps, l'embrassant avec passion. Très vite, il plongea en elle. Cela faisait si longtemps…

Quand il commença à bouger, les sensations de Jamilah lui revinrent d'un coup, cependant qu'une exquise tension l'envahissait tout entière. Des gouttes de transpiration commencèrent à perler sur sa peau. Nouant les jambes autour des reins de son amant, elle l'accueillit plus profond, tandis qu'il frottait son torse contre ses seins. Inexorablement, il les emmenait jusqu'au paroxysme, qui se rapprochait pourtant sans jamais éclater. Lorsqu'il ne fut plus possible de résister tant le plaisir était intense, Jamilah s'agrippa aux épaules de Salman. Elle lâcha prise, et il lui sembla qu'il perdait pied lui aussi, qu'une même vague les emportait.

Pendant un long moment, elle n'entendit plus que leurs respirations haletantes et saccadées, qu'accompagnaient les battements sourds de leurs cœurs. Salman roula ensuite sur le côté, et Jamilah se sentit brusquement abandonnée. Mais il la reprit aussitôt dans ses bras, où elle se pelotonna avec délices.

Elle demeura longtemps ainsi, à écouter leurs souffles qui se calmaient peu à peu. Incapable de trouver le sommeil, elle repensa à la façon dont elle avait provoqué Salman. Jamais elle ne se serait crue capable d'une telle audace… En lui révélant les secrets traumatisants de son enfance, il s'était montré sous un jour vulnérable. N'allait-il pas le regretter ? Il était si orgueilleux…

Jamilah se mit à redouter la réaction de Salman au réveil. Se désengageant doucement de son étreinte, elle saisit un peignoir sur une chaise et noua la ceinture de ses mains tremblantes. Profondément endormi, son amant avait l'air d'un pirate ou d'un roi fabuleux. Elle sortit sans bruit de la chambre de Salman et gagna la sienne sur la pointe des pieds. Puis elle pénétra dans sa salle de bains, ôta le peignoir, et prit une douche brûlante.

Elle essayait de refouler les larmes qui l'étranglaient. Pourquoi était-elle rattrapée par sa faiblesse, après avoir montré tant de hardiesse ? Elle était brusquement redevenue une ingénue au cœur tendre, incapable de se protéger.

Soudain, en entendant du bruit, elle se retourna vivement vers la porte. Salman était là, nu, la mine sombre. Dans un geste ridicule, elle se couvrit la poitrine en rougissant.

— Tu n'as pas dû coucher avec un homme depuis bien longtemps, remarqua-t-il.

L'humiliation la fit s'empourprer davantage.

— Cela ne te regarde pas, bredouilla-t-elle.

— Si cela peut te consoler, je n'ai eu aucune relation depuis l'année dernière, après notre rencontre chez Sadiq, avoua-t-il en la rejoignant l'eau chaude.

Jamilah fronça les sourcils, un peu moins honteuse.

— Vraiment ? Mais… Cette blonde allongée près de toi, sur le canapé…

— Elle m'avait suivi sans me demander mon avis, l'interrompit-il. Je tombais de sommeil. Je n'ai pas eu la force de la mettre dehors.

Abasourdie, Jamilah ne bougea pas quand Salman commença à savonner doucement toutes les parties de son corps alangui. Adossée contre la paroi, les paupières lourdes, elle le regardait comme fascinée, tandis que son désir devenait de plus en plus manifeste. Après l'avoir soigneusement rincée, il la tourna et se tint derrière elle tout en caressant ses seins dressés. Elle se tordit littéralement de plaisir contre lui.

Tout à coup, les mains de Salman abandonnèrent sa poitrine pour descendre vers son ventre, entre ses jambes.

— Je ne peux pas attendre, souffla-t-il d'une voix rauque. Mets tes mains contre le mur.

Elle obéit sans un mot. Il l'attira contre lui, puis posa les paumes contre ses fesses. Avec un gémissement, elle le guida vers la moiteur de son intimité.

Il lui fit l'amour presque violemment, sans cesser de pétrir sa chair, dont chaque cellule le réclamait. Des cris sourds s'échappèrent de la gorge de Jamilah, qui s'accrochait à un reste de conscience sous le ruissellement de l'eau qui avivait délicieusement ses sensations.

L'extase arriva très vite, dans un déferlement d'une violence inouïe. Jamilah rejeta la tête en arrière, pendant que Salman continuait ses va-et-vient, avec une puissance qui la conduisit vers un autre sommet de volupté. Puis, après un dernier assaut, il s'immobilisa en poussant un cri presque animal.

Elle tremblait de tout son être.

— Tout va bien ? demanda Salman en lui tournant délicatement la tête pour déposer un baiser sur ses lèvres.

Elle hocha la tête, incapable de proférer un mot. Il la souleva alors dans ses bras pour l'envelopper dans une grande serviette. Cette expérience l'avait ébranlée. Jamais encore elle n'avait éprouvé un tel bouleversement de tous les sens. C'était infiniment mieux que dans son souvenir. Sans doute parce qu'elle était moins innocente, plus femme…

Il la sécha soigneusement avant se ceindre les reins

d'une serviette. Puis, il la guida vers la chambre et s'assit à côté d'elle au bord du lit.

Elle était encore tout engourdie par l'excès de plaisir mais, petit à petit, la réalité reprenait ses droits. Les coudes sur les genoux, Salman avait la tête dans les mains. Il dut sentir son regard peser sur lui car il se redressa avec une expression bizarre.

— Je n'ai pas mis de préservatif.

Jamilah ne s'en était même pas rendu compte. Une douleur ancienne lui serra le cœur.

— Cela ne devrait pas poser de problème, à cette période…

Elle détourna les yeux et fixa le sol d'un air absent. Puis, brusquement, elle éprouva la nécessité de lui raconter ce qui s'était passé.

— De toute façon, je saurai très vite si je suis enceinte.

Il fronça les sourcils.

— Que veux-tu dire ?

Elle inspira profondément.

— Cela m'est déjà arrivé. Les symptômes sont apparus au bout de quinze jours. Mais j'ai perdu le bébé le mois suivant.

Il la regarda avec beaucoup de compassion, mais apparemment sans comprendre.

— C'est ce qui explique ta longue abstinence ?

Comment pouvait-il être aussi obtus ? Elle en aurait pleuré de rage et de dépit. Presque aussitôt, son désir de lui avouer la vérité s'émoussa. A quoi cela servirait-il ? Surtout après les confidences qu'il lui avait faites. Il était inutile d'en rajouter à sa culpabilité. Mais elle s'éloignait de lui, encore une fois…

Elle repoussa sa main.

— Ecoute, je suis fatiguée. J'ai envie de dormir maintenant. Seule.

Il resta silencieux pendant un long moment, comme s'il hésitait.

— Tu es sûre de vouloir rester seule ?

Elle hocha la tête, et Salman se leva pour quitter la pièce. Jamilah se coucha immédiatement, encore enveloppée dans sa serviette, sans même prendre la peine de se sécher les cheveux. Elle se roula en boule, les joues ruisselantes de larmes, en songeant à ce bébé qui n'avait jamais vu le jour.

Salman demeura longtemps éveillé, à réfléchir aux paroles de Jamilah. La jalousie de savoir qu'elle avait été enceinte d'un autre homme lui vrillait le cœur.

Lui s'était toujours juré de ne pas avoir d'enfant dans ce monde déjà surpeuplé. En fait, il se sentait surtout incapable de protéger un petit être sans défense des horreurs qu'il avait lui-même endurées et qui continuaient à le hanter. Il avait donc subi une vasectomie dix ans plus tôt. S'il se protégeait durant les rapports, c'était uniquement pour des raisons de santé, pour éviter les maladies ou les infections.

Il se retourna nerveusement dans son lit et donna un coup de poing dans son oreiller. Il comprenait mieux, maintenant, pourquoi Jamilah avait gagné en profondeur et en maturité ces dernières années. Curieusement, cela développa envers elle un instinct protecteur.

Le lendemain, Jamilah dut faire face à une attaque de paranoïa. Elle avait l'impression que tout le monde s'était donné le mot pour la regarder. Heureusement, plusieurs réunions lui évitèrent un face-à-face avec Salman. Elle finit par s'éclipser aux toilettes pour observer son reflet dans une glace. Malgré une nuit d'insomnie, elle se trouva le teint lumineux, resplendissant, et les yeux brillants.

Elle avait encore le goût des baisers de Salman sur ses lèvres gonflées. Une subite vague de désir la submergea, et elle réprima un gémissement de désespoir.

Elle se lavait les mains quand une femme de sa connaissance entra dans la pièce. La nouvelle arrivante lui sourit, parut hésiter et finit par lui adresser la parole.

— Je ne devrais peut-être pas m'en mêler, mais Ahmed, l'aide de camp du sultan Sadiq, est en train de répandre une rumeur sur vous et Salman al Saqr…

— Merci de me prévenir, répliqua Jamilah en s'empourprant.

Elle soupira. Elle comprenait mieux la curiosité des gens, maintenant ; et elle n'était pas paranoïaque. La réaction d'Ahmed était compréhensible : cela faisait deux fois que Salman l'écrasait de sa supériorité. Quant à sa propre réputation, elle n'en avait cure. De toute façon, elle n'avait plus de famille et peut-être à cause des origines européennes de son père, elle s'était toujours sentie à part dans l'univers moralement assez traditionaliste de Merkazad.

Elle lissa soigneusement ses cheveux avant de ressortir la tête haute. Il n'y avait aucune honte à avoir, même si elle regrettait de s'être laissé séduire une deuxième fois par Salman. Il allait falloir faire face, en sachant que désormais, le monde entier était au courant…

— Je dois assister à un gala de bienfaisance ce soir, annonça Salman. J'aimerais que tu m'accompagnes.

Résolue à ne pas succomber à son charme – sublimé par le port du smoking –, Jamilah faillit refuser sur-le-champ. Elle hésita cependant. Salman lui faisait face, autoritaire, élégant, beau comme un dieu, mais elle percevait sa fragilité sous les apparences.

— De quoi s'agit-il ? demanda-t-elle.

— D'une association que j'ai créée il y a quelques années, répondit-il, indéchiffrable.

Comme elle ne cachait pas sa surprise, il ajouta :

— Apparemment, tu ne me vois pas comme un philanthrope !

Jamilah lui sourit. Les multiples facettes de la personnalité de Salman n'en finissaient pas de la surprendre. Sachant que c'était pour une bonne cause, elle ne pouvait décemment pas refuser.

— Donne-moi un quart d'heure pour me préparer.

Salman acquiesça d'une légère inclination de la tête, rassuré. Il avait eu peur que Jamilah décline son offre, même s'il ne savait pas vraiment pourquoi il tenait tant à sa présence. Toute la journée, il avait souffert de ne pas l'avoir auprès de lui. Ce soir elle serait là, dans un cadre où aucune femme ne l'avait encore accompagné. Elle était aussi la première à qui il avait ouvert son cœur…

Il avait parfois l'impression que la terre tremblait sous ses pieds tant il n'avait de prise sur le désir que Jamilah lui inspirait. Le souvenir de toutes celles qu'il avait connues dans l'intervalle des six années écoulées se dissipait devant son image.

Il fit nerveusement les cent pas en l'attendant. Quand elle apparut, ce fut un éblouissement, comme chaque fois. Elle avait revêtu une robe bustier à la jupe longue et vaporeuse, dont la couleur violet foncé faisait ressortir ses incroyables yeux bleus.

Il s'approcha pour poser une main sur sa joue. En la sentant frémir, une part de lui exulta. Les mots surgirent alors du plus profond de son être, sans qu'il puisse les retenir ou les contrôler :

— Tu es à moi, Jamilah.

Elle se réfugia derrière une expression mystérieuse, teintée de cynisme.

— Et tout le monde est au courant, Salman. Après ton coup d'éclat d'hier soir, on ne parle que de nous.

Le souvenir de la scène lui rappela qu'elle avait été enceinte, et Salman éprouva une jalousie insupportable. Comment un autre homme avait-il osé toucher Jamilah ?

— Eh bien tant mieux ! lança-t-il sur un ton de défi. Parce que cela ne fait que commencer, entre toi et moi.

Quand il chercha ses lèvres, elle résista tout d'abord. Mais il usa de ruses et stratagèmes pour la faire fléchir et, l'instant d'après, elle capitulait. Elle entrouvrit la bouche avec un soupir, tremblant de désir entre ses bras.

Au moment où il s'écarta, elle demeura immobile, les paupières closes. Il réprima un gémissement. Mais soudain, d'une manière totalement inattendue, les yeux de Jamilah se rouvrirent en lançant des éclairs.

— Encore une nuit, Salman. Mais une seule. Demain, nous retournons à Merkazad, et ce sera terminé.

Jamilah savait que, après avoir reçu les confidences de Salman, elle ne serait plus capable de sauver les apparences. Elle trahirait forcément ses sentiments à un moment ou à un autre pendant qu'ils faisaient l'amour. Elle avait trop envie de le consoler, de l'aider à guérir ; et lui était beaucoup trop fier pour accepter de tendres attentions…

Sonné, Salman s'efforça de n'en rien laisser transparaître. Pour la deuxième fois en l'espace de quelques minutes, il se sentit très vulnérable, à la merci de Jamilah. Il devait se protéger avant tout. Il était hors de question d'accepter son ultimatum. Mais pourquoi ?

se demanda-t-il. Et pourquoi les paroles de Jamilah l'affectaient-elles ? La perspective de recouvrer sa liberté aurait dû le réjouir. Et aucune femme sensée n'aurait eu envie de prolonger cette relation, sachant ce que Jamilah savait de lui…

— Si c'est ce que tu souhaites, fit-il avec nonchalance en haussant les épaules.

— Oui. Notre histoire se termine ici, à Paris. Pour de bon.

Une colère sourde, mêlée à une autre émotion, plus ambiguë, indéfinissable, s'empara de Salman tandis qu'il prenait la main de Jamilah.

— Bien. Dans ce cas, savourons chaque instant de cette dernière nuit ensemble. Nous n'avons pas une minute à perdre.

Notre dernière nuit ensemble… Les terribles paroles de Salman tournaient en boucle dans le cerveau de Jamilah alors que la limousine les emmenait vers la réception. Elle cilla plusieurs fois pour refouler ses larmes. Désespérément amoureuse de Salman, elle n'imaginait pas comment elle pourrait jamais se résigner à le quitter…

Puisant dans ses ultimes réserves de courage, elle avait tenté de le convaincre de la fin de leur belle et brève histoire. Pourtant si, à Merkazad, il s'avisait de la toucher ou même de l'effleurer, elle succomberait. A moins qu'elle ne retourne se cacher au haras, où il n'aurait pas le courage de s'aventurer pour la chercher. Mais comment lui infliger ce supplice mental, alors qu'elle souhaitait tant l'aider à surmonter sa phobie ?

A ce moment-là, Salman lui prit la main pour se rapprocher d'elle, la tirant de ses pensées. Elle ne résista pas. Quand il se pencha pour prendre ses lèvres dans un baiser brûlant, elle s'abandonna tout entière, au mépris de la raison et de la prudence élémentaires.

La tête lui tournait quand ils arrivèrent devant un palace illuminé, sur les Champs-Elysées. Malgré le visage impassible de Salman, elle perçut chez lui une grande agitation intérieure.

Dès qu'ils parurent dans la salle bondée, un murmure intéressé parcourut l'auditoire. Ils prirent place devant une estrade, à une table réservée à leur intention. Salman fut accueilli par un discours de bienvenue.

Jamilah comprit très vite de quoi il s'agissait : un prix prestigieux avait récemment été décerné à l'association, pour récompenser ses actions en faveur des enfants victimes de guerres ou de conflits. Des écoles et des centres d'aide psychologique permettaient aux innocentes victimes de raconter leurs expériences traumatisantes. On leur apportait un soutien qui leur permettait de se reconstruire efficacement et d'envisager un avenir serein. D'après l'orateur, peu d'associations, de par le monde, avaient atteint des résultats aussi satisfaisants. Salman œuvrait pour offrir à des enfants démunis l'appui et la protection dont il n'avait pas bénéficié lui-même.

Jamilah écouta le cœur serré le témoignage d'un jeune homme de dix-neuf ans, enrôlé de force comme enfant soldat dans une armée de rebelles. Sans l'aide de l'association, il ne s'en serait jamais sorti et aurait probablement sombré dans la drogue ou la délinquance ; à présent, il poursuivait des études de droit à la Sorbonne. La salle l'applaudit à tout rompre.

En descendant de l'estrade, il vint directement vers Salman, qui l'embrassa avec affection. Puis, la foule et les journalistes l'entourèrent pour l'assaillir de questions et Salman, visiblement très ému, le libéra avec un clin d'œil complice.

Comme Jamilah ouvrait la bouche pour lui poser quelques-unes des innombrables questions qui se bousculaient dans sa tête, Salman posa un doigt sur ses lèvres avec une expression énigmatique.

— Je ne veux pas en parler. Pas ce soir, en tout cas. Mais tu comprends sans doute pourquoi cette cause me tient tellement à cœur...

Devant l'expression inébranlable de son compagnon, elle se contenta d'acquiescer sans mot dire. Il parut soulagé, mais pas elle. En effet, elle venait de tomber encore un peu plus amoureuse de lui...

8.

Ils assistèrent à la vente aux enchères qui suivit. Ensuite, Salman tira Jamilah par le bras pour s'éclipser discrètement par une porte latérale.

— Tu n'es pas obligé de rester au cocktail ? demanda-t-elle, surprise.

— Je paie des gens pour cela. Il me suffit de faire une apparition de temps en temps. De toute façon, j'ai des obligations beaucoup plus… pressantes pour la fin de la soirée.

Elle rougit quand il se pressa contre elle dans un geste éloquent.

— Ce gala est très important. Je ne voudrais pas être tenue pour responsable…

Il la réduisit en silence par un baiser fougueux qui lui arracha un gémissement. Se libérerait-elle jamais de cette folie ?…

Elle le suivit docilement jusqu'à la voiture, qui ne prit pas la direction de leur hôtel. Elle s'arrêta devant un restaurant installé sur une péniche amarrée sur la Seine, en face de l'île de la Cité. La nostalgie serra le cœur de Jamilah. Elle avait toujours adoré cette partie de Paris.

— Tu as sûrement faim, dit Salman en guidant ses pas sur la passerelle.

— J'ai l'estomac dans les talons ! acquiesça-t-elle en riant.

Il lui sourit d'un air juvénile, comme si le poids douloureux qui pesait continuellement sur lui s'était enfin volatilisé.

Le propriétaire des lieux, un homme jovial qui appréciait apparemment beaucoup Salman, les installa dans un coin tranquille, avec une jolie vue sur les centaines de lumières qui se reflétaient à la surface de l'eau. Sur les berges de la Seine, un couple de promeneurs s'arrêta pour s'embrasser passionnément. Jamilah poussa un soupir triste : cela aurait pu être Salman et elle, six ans plus tôt.

Il lui prit la main.

— Tu n'es pas bien, ici ?

— Si, j'aime beaucoup cet endroit, répondit-elle en évitant son regard.

Et toi aussi, je t'aime, ajouta-t-elle intérieurement.

Elle s'obligea à se détendre pendant que Salman commandait des huîtres et du champagne. Durant le dîner, ils discutèrent de tout et de rien, évitant les sujets délicats.

Après un repas exquis, ils retournèrent à l'hôtel, en se tenant la main dans un silence quasi religieux. Une fois arrivés dans la suite, Salman commença par ôter ses vêtements, avant d'entreprendre le déshabillage de Jamilah.

— J'ai rêvé de cet instant toute la soirée, chuchota-t-il en dénudant sa poitrine.

Il pencha la tête pour embrasser ses seins, avec une délicieuse volupté, jusqu'à ce qu'elle ondoie de plaisir entre ses bras. Il la coucha alors dans le grand lit et s'allongea sur elle. Tout en emprisonnant ses poignets dans une main, il promena l'autre sur sa peau, très lentement, en descendant inexorablement vers les boucles de son pubis.

— J'ai l'intention de prendre tout mon temps, murmura-t-il. Jusqu'à ce que tu implores ma pitié…

Jamilah ne put empêcher des gémissements de franchir ses lèvres lorsque les doigts de Salman frôlèrent son clitoris. Elle souleva les hanches pour aller à leur rencontre. Elle faillit demander grâce plusieurs fois, mais ne put que succomber aux manœuvres de son amant, passé maître dans l'art de la séduction érotique…

A moitié assoupie, Jamilah sursauta quand Salman écarta ses cheveux pour chuchoter à son oreille.

— Ne crois pas pouvoir dormir si vite ! Je n'en ai pas terminé avec toi, Jamilah Moreau.

Elle garda le silence pendant qu'il s'installait sur elle. Il avait raison : elle ne pouvait pas plus lui résister que s'empêcher de respirer.

Pour l'éloigner, il aurait peut-être fallu, comme six ans plus tôt, lui révéler la nature de ses sentiments. Mais le souvenir de la souffrance qu'elle avait éprouvée l'en dissuadait. Même si, comme il le lui avait déclaré, il n'avait pas délibérément voulu lui faire du mal, seulement l'éloigner de lui.

Jamilah se mordit la lèvre. Un espoir fragile mais persistant continuait à survivre en elle, envers et contre tout, comme certaines fleurs du désert, que l'on croit mortes mais qui refleurissent après la pluie. Elle devait arracher cet espoir stérile. Il lui fallait tirer les leçons du passé, pour ne pas retomber sous la coupe de Salman quand ils seraient de retour à Merkazad. De toute manière, il repartirait quinze jours plus tard, au retour de Nadim, et définitivement cette fois. Il suffisait de tenir bon pendant deux semaines…

Salman jeta un coup d'œil soupçonneux en direction de Jamilah, qui avait incliné le dossier de son siège et semblait dormir. Dès l'instant où ils avaient décollé, elle avait tourné son visage du côté du hublot en bâillant ostensiblement. En toute justice, il ne pouvait pas la blâmer : ils avaient très peu dormi la nuit précédente.

Il essaya de débrouiller l'écheveau de ses sentiments. Il ne regrettait pas d'avoir de nouveau séduit Jamilah. Il se sentait aussi beaucoup plus serein vis-à-vis de Nadim, avec lequel il avait, la veille, bavardé presque agréablement au téléphone après lui avoir fait un compte rendu de sa mission. Cela ne s'était pas produit depuis une éternité. Salman avait même pris un certain plaisir à le représenter à Paris.

La jolie femme qui dormait à côté, ou faisait semblant, était responsable de ces changements. Il ne regrettait pas non plus de s'être livré ; il se sentait juste un peu coupable de s'être déchargé sur elle des images qui l'avaient torturé nuit et jour pendant de si nombreuses années. Il fronça les sourcils. Curieusement, ces images commençaient à se dissiper comme des volutes de fumée.

Il serra les mâchoires et ferma les yeux en se calant contre l'appuie-tête. La situation n'était plus du tout la même que six ans auparavant. Jamilah avait vécu des expériences qui l'avaient fait mûrir. Il fit la grimace. Elle savait tout de lui, maintenant. Pourtant, il la laisserait à Merkazad le jour où il en partirait.

C'est-à-dire très bientôt.

Il n'avait pas le choix.

*
* *

— Arrête la Jeep, Salman !

Comme il ne semblait pas avoir entendu, Jamilah s'apprêta à répéter, mais il finit par freiner. Le véhicule s'immobilisa à un embranchement : à gauche, la route continuait vers le palais ; à droite, un chemin menait au haras.

— Où vas-tu ? demanda Salman quand elle ouvrit la portière.

— Je retourne à mes appartements et à mon travail, répondit-elle le plus calmement possible. Je vais être très occupée à rattraper mon retard au cours des prochains jours.

Vif comme l'éclair, Salman bondit et l'empoigna par les épaules.

— Tu prends la fuite ?

Jamilah tenta de se dégager, mais il était beaucoup trop fort.

— J'ai beaucoup de travail. Mais rien ne t'empêche de venir avec moi.

Immédiatement, il se raidit, et elle regretta de l'avoir provoqué en voyant une lueur de peur s'allumer dans ses prunelles.

Il la lâcha.

— Très bien. Comme tu voudras. Nous verrons combien de temps tu tiendras.

Jamilah plissa les yeux. Salman n'était visiblement pas prêt à affronter ses vieux démons. Comment le lui aurait-elle reproché ? Ce qu'il avait vécu dans ces écuries était abominable.

En le regardant grimper dans la Jeep, elle se promit de tenir ces deux semaines qui la séparaient du retour de Salman en France, à des milliers de kilomètres d'elle. Cependant, quand il redémarra, une déception traîtresse lui serra le cœur : il n'avait pas beaucoup insisté pour la convaincre de le suivre…

Il ne fallait pas plus de cinq minutes à pied pour parvenir aux écuries. Quand elle arriva dans la cour, l'endroit qu'elle préférait au monde et où elle se sentait le mieux, un étrange sentiment de froid et de désolation s'abattit pourtant sur elle.

Le premier jour, il n'y eut aucun signe de Salman. Mais les filles, tout excitées, prétendaient l'avoir aperçu près du manège pendant qu'elles entraînaient les chevaux. Jamilah chercha vainement Abdul pour lui demander de faire cesser immédiatement ces bavardages ridicules.

Ce soir-là, elle se coucha épuisée et rongée de dépit. Salman l'avait-il déjà oubliée ? Allait-il chercher à se distraire en invitant quelque femme facile de ses amies ? Elle passa une nuit agitée, remplie de rêves pénibles, et s'éveilla le lendemain matin avec un cuisant sentiment d'insatisfaction. Et cela ne faisait que vingt-quatre heures…

Au milieu de la matinée, une des domestiques du palais lui apporta un mot dans une enveloppe. Le cœur battant, Jamilah reconnut aussitôt l'écriture de Salman.

La journée d'hier a-t-elle été aussi dure pour toi que pour moi ? Le désir me rend fou, Jamilah…

Elle renvoya la messagère sans réponse. Il lui fallut ensuite deux bonnes heures pour analyser ses émotions. D'un côté, elle était soulagée puisque Salman pensait à elle. Mais de l'autre la colère l'emportait. D'abord contre Salman, qui la poursuivait de ses assiduités alors qu'elle lui avait clairement signifié la fin de leur liaison.

Mais aussi contre elle-même, parce qu'elle réagissait comme une adolescente enamourée et qu'elle avait terriblement envie de rendre les armes.

Juste à ce moment-là, son téléphone vibra, lui annonçant un message.

> As-tu eu mon petit mot ?

Après bien des hésitations, elle répondit :

> Oui. Je n'ai pas envie de continuer ce genre de conversation. Je suis très occupée.

Un autre texto suivit, presque immédiatement :

> Moi aussi, je suis très occupé. Au cas où tu aurais oublié, je dirige les affaires de Merkazad. Mais j'ai beaucoup de mal à me concentrer.

Jamilah se surprit à sourire. Puis, pour couper court, elle éteignit son portable.

Tout au long de la journée, elle reçut une rafale d'enveloppes en provenance du palais. Non content de la tenir scrupuleusement au courant de ses états d'âme, Salman lui parlait aussi de son insupportable frustration sexuelle, ou encore imaginait comment elle était habillée et ce qu'il ferait quand il l'aurait dévêtue…

Quand le soir tomba, Jamilah, dans une confusion extrême, faillit céder à son envie d'aller le voir pour lui ordonner d'arrêter. Mais c'était évidemment ce qu'il attendait, et elle avait peur de ne pas résister à une manœuvre de séduction.

Heureusement, et même si cette pensée lui faisait un peu honte, elle était en sécurité tant qu'elle restait au haras.

Un scénario identique se reproduisit le lendemain,

avec une avalanche de messages écrits ou de SMS sur son portable – qu'elle effaça sans même les lire. Ce harcèlement la rendait folle. Salman était omniprésent.

Cette nuit-là, quand le téléphone sonna, elle était à bout de nerfs.

— Oui ? lança-t-elle en décrochant sur un ton irrité.

Un petit rire lui répondit.

— Tu es boudeuse ? Tu n'arrives pas à dormir ?

Les paumes moites, Jamilah afficha une fausse désinvolture.

— Au contraire, je dormais profondément.

— Eh bien pas moi. Et tant pis si je te dérange. J'avais besoin d'entendre le son de ta voix.

Même si elle aurait voulu éviter ce genre de réaction, elle fut troublée par ces mots.

— Tu es en chemise de nuit ou en pyjama ? reprit-il. Je ne connais même pas tes habitudes. Tu es toujours nue quand tu dors avec moi.

— Salman…

Il l'interrompit sans lui laisser le temps de finir sa phrase.

— Sais-tu à quoi je pense, en ce moment précis ?

— Je m'en moque, mentit-elle avec le plus d'assurance possible. En fait, je suis très fatiguée…

Il la coupa de nouveau.

— Je t'imagine allongée dans ton lit, avec tes magnifiques cheveux étalés sur l'oreiller, et un T-shirt qui moule ta poitrine. Ton pantalon de pyjama marque ta taille fine et tes hanches rondes. Je voudrais être près de toi pour l'arracher et promener mes doigts sur ta peau nue, sur tes seins, tes…

— Salman ! protesta Jamilah faiblement, pendant qu'une vague de désir l'inondait.

Sans même y songer, elle posa une main sur son ventre, comme pour accompagner les paroles de Salman.

— Tu ne vas pas me dire d'arrêter ! reprit-il de sa belle voix grave. Tu as envie de moi, je le sais. Tu ne désires rien d'autre que mes lèvres sur ta peau, ma bouche sur ton ventre… Imagine que je suis près de toi, que j'explore les plis de ta chair la plus sensible, jusqu'au petit bourgeon, que je titille du bout de la langue. Tu te presses contre moi, mes caresses te rendent folle de plaisir…

Avec un sursaut, Jamilah revint brusquement à la réalité – et à sa solitude. Dans un même mouvement, elle bondit hors du lit et raccrocha d'un coup sec. Quand le téléphone sonna de nouveau, presque aussitôt après, elle arracha le cordon de la prise.

Elle dut attendre encore très longtemps pour se calmer et sombrer dans un sommeil haché.

Le jour suivant, Jamilah s'en tint fermement à sa résolution, malgré l'horrible impression d'être en perdition, ballottée sur un radeau en pleine mer dans le vent et la tempête. Elle fit renvoyer tous les messages dans leurs enveloppes sans même les décacheter, à la grande consternation de la pauvre domestique qui faisait la navette entre le palais et le haras.

Quelques heures plus tard, en entendant la Jeep se garer dans la cour, elle n'en crut pas ses oreilles. Son cœur battit à tout rompre dans sa poitrine. Il était là. Son désir était si fort qu'il avait surmonté sa phobie pour venir la chercher. Du coup, la détermination de Jamilah commença à fléchir. Elle sortit à sa rencontre.

Quand il mit pied à terre, elle chancela. Comme

il était beau ! Il lui semblait qu'elle ne l'avait pas vu depuis de longs mois. Devant sa mine farouchement résolue, un frémissement courut le long de sa colonne vertébrale.

Mais elle ne céderait pas. Il ne fallait pas.

Il resta debout devant elle pendant de longues minutes, sans parler. En fait, une sorte de dialogue muet s'établissait entre eux. Finalement, ce fut Salman qui rompit le silence :

— Viens avec moi au palais, Jamilah.

Elle secoua la tête en reculant, même si chaque cellule de son corps le réclamait impérieusement. A ce moment-là, un garçon d'écurie passa tout près d'eux en menant un cheval par la longue. Aussitôt, Salman blêmit.

— Le diable t'emporte, Jamilah ! s'écria-t-il entre les dents.

A ces mots, il remonta dans la Jeep, qui démarra sur les chapeaux de roues, faisant jaillir une gerbe de gravillons. Jamilah se sentit terriblement coupable, comme si elle lui avait infligé un supplice cruel. Elle avait le pouvoir de le faire souffrir, et cette idée la bouleversait.

Elle était encore là, pantelante, quand Abdul apparut. Il se contenta de la regarder en secouant lentement la tête. Jamilah se sentit encore plus mal.

Elle ferma à peine l'œil cette nuit-là. Après le départ précipité de Salman, Jamilah ne reçut plus aucun message, écrit ou téléphoné. Accablée de honte, elle lutta de toutes ses forces pour ne pas se rendre au palais afin de parler à Salman.

Elle passa une journée horrible le lendemain, à travailler dans une sorte de brouillard, jusqu'à un coup de téléphone, vers quatre heures de l'après-midi, qui acheva de l'anéantir. Elle en aurait pleuré de fatigue et de lassitude. Il lui fallait se rendre en hélicoptère dans un village bédouin perdu dans une vallée éloignée, où une jument avait apparemment du mal à mettre bas son poulain. Connaissant les règles de l'hospitalité bédouine, Jamilah pouvait s'attendre à passer la nuit là-bas.

Le vétérinaire du haras étant absent pour quelques jours, elle était obligée de le remplacer, d'autant que sa formation la rendait tout à fait apte à remplir ce genre de mission. Elle prépara une trousse et un sac de voyage puis téléphona au pilote qui l'attendit sur l'aire de décollage, juste à côté du palais.

Dire que Salman était quelque part, à l'intérieur… songea-t-elle en prenant place dans l'hélicoptère.

Le cœur de Jamilah se serra quand ils survolèrent cette contrée rude, dont les habitants courageux s'étaient soulevés et avaient pris les armes lors de l'invasion rebelle. C'étaient eux qui avaient libéré le cheikh et sa famille. Eux qui avaient sauvé Salman.

Le village apparut au pied de montagnes escarpées, dans un paradis de verdure qui tranchait avec le paysage lunaire et rocailleux. En voyant la Jeep qui les attendait, la jeune femme eut aussitôt quelques soupçons. Néanmoins, elle les rejeta avec force. C'était ridicule, impensable…

Le chauffeur l'accueillit, seul. D'ordinaire, il y avait une multitude de femmes et d'enfants qui lui faisaient fête, car elle leur apportait toujours des cadeaux. De nouveau, elle tenta de se rassurer. Il était déjà tard. Les villageois se préparaient sans doute pour la nuit…

La Jeep s'arrêta avant le village, devant une grande tente dressée sous les palmiers, comme celle où Nadim logeait quand il voyageait à travers le pays. Elle eut un frisson d'appréhension.

Une silhouette sortit de la tente. Grande, imposante, vêtue du costume traditionnel merkazadi.

Salman…

9.

La Jeep faisait déjà demi-tour pour repartir. A peine Salman fut-il devant elle que Jamilah comprit combien il lui avait manqué. Un désir fou la submergea, mais elle avait autant envie de le frapper que de l'embrasser. Cet homme possédait une audace insupportable ! Mais quel romantisme aussi…

Serait-elle capable de lui résister ? N'y était-elle pas obligée, puisqu'il allait quitter Merkazad et que ce départ, inéluctable, lui briserait le cœur à tout jamais ? Comment pourrait-elle jamais oublier cet être dont elle connaissait maintenant les sombres secrets ? Elle lui lança un regard noir en rajustant la bandoulière de son sac sur son épaule.

Salman se sentit soudain curieusement vulnérable et démuni. Jamilah ne lui avait jamais paru aussi belle. Sans maquillage, elle portait un vieux jean délavé avec des bottes et une chemise à carreaux, et les petites mèches folles qui s'échappaient de sa queue-de-cheval encadraient joliment son visage. Il avait l'impression de ne pas l'avoir vue depuis une éternité.

— Cette histoire de jument est une invention de toutes pièces, j'imagine ? lança-t-elle avec froideur, en relevant le menton.

Il hocha la tête et croisa les bras.

— Alors, c'est un kidnapping ? Pour un banquier,

tu as beaucoup d'imagination. Malheureusement, tu n'obtiendras rien de moi avec de telles méthodes.

Salman se raidit quand elle commença à s'éloigner en direction du village.

— Je vais chercher un cheval pour rentrer à Merkazad. Cela ne devrait pas me prendre plus d'un jour.

Il la rattrapa, jeta son sac par terre et la souleva dans ses bras. Puis il la porta sous la tente. Jamilah n'eut même pas le temps de pousser un cri. A l'intérieur, une multitude de petites lampes diffusaient une lumière très douce, qui éclairait un décor digne des *Mille et une nuits*. Des coussins aux étoffes chatoyantes jonchaient d'épais tapis ; un divan immense, recouvert de soie et de satin, trônait au beau milieu. Tout était prêt pour la scène de séduction.

Quand il la reposa à terre, elle fit volte-face furieusement.

— Arrête immédiatement ce comportement !

Salman lui répondit avec le plus grand calme.

— L'hélicoptère reviendra dans trois jours avec la Jeep. Et ne compte pas trouver un cheval au village. Personne ne t'en prêtera un. J'ai donné mes instructions.

Trois jours !

Jamilah était sidérée.

— Mais pourquoi veux-tu nous isoler du monde ?

— Pour rattraper le temps perdu depuis que tu as refusé de venir au palais.

— J'habite au haras, Salman, protesta-t-elle. Tu n'avais qu'à venir m'y retrouver si tu avais tellement envie de me voir.

Il pâlit, et elle regretta aussitôt sa méchanceté gratuite.

— Excuse-moi, ajouta-t-elle en posant une main sur son bras. Je n'aurais pas dû dire cela.

Il recula, refusant son contact, et passa les doigts dans ses cheveux.

— Tu as pourtant raison. C'est pitoyable. Je n'ai pas pu rester là-bas plus d'une minute.

Elle lui prit la main très gentiment, sans rancune.

— Ce n'est pas de ta faute ; après ce qu'on t'a fait subir…

Il lui lança un regard triste.

— Je ne veux pas de ta pitié. Je te préfère encore quand tu es en colère.

— Détrompe-toi, ce n'est pas de la pitié. Plutôt de l'empathie.

Il baissa la tête pour presser les lèvres sur les siennes. Comment aurait-elle pu le repousser ? Le feu de la passion couvait en elle, prêt à jaillir. Mais lorsque leur baiser se teinta d'une urgence animale, elle rassembla assez de forces pour reculer, en appuyant ses poings serrés contre son torse.

— Non, Salman. Je ne suis pas un jouet. Je t'avais pourtant prévenu à Paris. Notre histoire est terminée.

Aussitôt, Salman saisit son visage entre ses paumes et abattit une bouche impérieuse sur ses lèvres pour les dévorer. Il se pressait contre elle, et Jamilah eut un mal infini à ne pas s'abandonner. Quand elle parvint enfin à s'écarter, elle était tendue à l'extrême.

— Tu ne peux pas m'obliger à faire l'amour, Salman al Saqr. Et je ne resterai pas ici trois jours avec toi.

— Je n'insisterais pas si tu n'avais pas envie de moi. Les femmes que je laisse indifférentes ne m'excitent pas.

Elle faillit éclater de rire. Comme si ce cas de figure était plausible !

— Même si je cédais, ce serait absurde, déclara-t-elle. Pourquoi trois jours ? Aurons-nous épuisé le désir, au-delà de cette limite ?

Salman eut un sourire vorace.

— Peut-être. Je l'espère. Tout comme j'espère recouvrer un peu de bon sens et de raison ; parce pour l'instant, tu me rends fou.

Tout à coup, une question brûla les lèvres de Jamilah.

— A Paris, il y a six ans... as-tu eu une liaison avec cette femme rousse qui était avec toi dans l'appartement ?

Salman secoua lentement la tête.

— Non. Je ne l'ai jamais revue, sauf dans le cadre du travail. D'ailleurs, elle l'a très mal pris, tu peux me croire. Ce soir-là, je suis sorti tout seul et je me suis enivré. Pour la seule et unique fois de ma vie.

Jamilah se détourna pour dissimuler son émotion. Il ne mentait pas, elle en avait la certitude. Lui qui avait été si cruel avec elle n'aurait pas hésité à lui avouer la vérité s'il avait couché avec cette femme. Cette révélation minait encore davantage le rempart qui la protégeait. Elle devait constamment réinterpréter ses souvenirs parisiens à la lumière d'informations nouvelles. C'était d'autant plus pénible que la colère et le dépit qui l'avaient animée pendant si longtemps perdaient toute justification. Mais Salman ne semblait pas se rendre compte du séisme que provoquaient ses explications.

Jamilah résolut d'être forte.

— Je ne te donnerai pas trois jours, Salman. Je ne céderai pas à ton caprice d'enfant gâté. Tu es simplement frustré parce que, pour une fois, tu ne peux pas agir à ta guise.

Il la prit par la taille, un éclair de défi et de colère au fond des yeux.

— Je commence à en avoir assez ! Je ne suis pas le play-boy inconstant que tu imagines. Moi aussi, je suis capable de ressentir des émotions.

Elle resta de bois, malgré sa conscience qui l'aiguillonnait. Salman n'était pas un être superficiel, elle le savait désormais. Malgré tout, il ne fallait pas succomber. Comment se contenter de trois jours de bonheur ? Inévitablement, elle se mettrait à rêver d'autre chose…

— J'aurais peut-être une meilleure opinion de toi si tu n'abusais pas de ta force pour t'imposer, observa-t-elle avec raideur.

Salman tiqua. Jamilah venait de toucher une corde sensible. Il n'avait encore jamais été obligé de déployer autant de ruse et d'énergie pour obtenir les faveurs d'une femme. Mais il se consumait de désir pour elle. Depuis toujours.

Il se rendait compte seulement maintenant qu'elle avait toujours occupé un coin de son esprit. Durant son adolescence, tandis qu'il guettait les transformations de son corps de jeune fille, son attirance pour elle avait distillé en lui une culpabilité diffuse. Elle avait seize ans lorsqu'il s'était exilé. Le jour de son départ, il lui avait simplement effleuré la joue, alors qu'il rêvait l'embrasser.

— J'ai envie de toi, Jamilah. C'est tout ce qui importe pour le moment. Nous sommes seuls ici tous les deux, loin de toute civilisation.

Jamilah baissa les yeux. S'il avait su combien ces mots la touchaient ! Combien de fois s'était-elle réveillée en pleine nuit, espérant qu'il était revenu pour l'enlever…

Dehors, l'obscurité était tombée. Les étoiles s'étaient allumées au firmament, et la lune projetait une lueur pâle.

— Tu dois être fatiguée, observa Salman tout à coup. Tu devrais faire un brin de toilette. Ensuite, nous dînerons.

Il parlait comme si de rien n'était, comme si la situation était normale. Il se dirigea vers un coin de la tente et en rapporta un coffre, qu'il déposa sur le lit.

— Je t'ai apporté quelques affaires pour t'habiller.

Attendrie par cette marque d'attention, Jamilah en conçut en même temps de l'irritation. Il était décidément trop arrogant et directif.

— C'est ridicule. Je ne porterai pas d'autres vêtements que les miens. Je ne suis pas ta maîtresse.

Puis, elle pinça les lèvres.

— Mais j'ai faim et j'ai sommeil, reprit-elle. Et je suis coincée ici pour cette nuit. Je vais me laver et manger. Ensuite, je me coucherai. Seule.

Raidie par l'agressivité, elle se dirigea vers ce qu'elle imaginait être un coin toilette, derrière un rideau.

— J'ignore où tu passeras la nuit, par terre si tu veux, mais pas avec moi, conclut-elle.

Une lueur d'amusement sembla flotter dans les prunelles de Salman.

— Je t'envoie une servante.

Jamilah souleva la tenture et réprima une exclamation devant le décor féerique, qui en d'autres circonstances l'aurait transportée de joie et d'admiration. Des centaines de petites bougies diffusaient une lumière tamisée, dans une atmosphère parfumée de senteurs d'encens. Etait-elle en train de rêver ? Non, pas avec cet homme à côté ! Pourtant… avec qui d'autre ?

Cette lutte continuelle, contre lui mais aussi contre elle-même, l'épuisait en la vidant de ses forces. Salman cesserait-il vraiment de la harceler à la fin des trois jours annoncés ?

Une jeune bédouine, voilée de la tête aux pieds, s'avança timidement. Elle lui tendit un peignoir et commença à remplir la baignoire à l'ancienne, selon un rituel d'ordinaire réservé à l'entourage du cheikh.

Jamilah se raidit. Salman la traitait comme une maîtresse, ou une favorite. Le vol en hélicoptère, les vêtements somptueux, le bain parfumé… Elle était à sa disposition, pour son bon plaisir. Cette idée la révoltait. Traîtreusement pourtant, à son corps défendant, une partie d'elle-même se réjouissait en secret de tout ce cérémonial.

La jeune servante versa dans l'eau chaude quelques gouttes d'essences parfumées. Puis elle s'éclipsa en emportant les vêtements que Jamilah avait roulés en boule pour enfiler le peignoir de soie.

Elle se plongea avec joie dans le bain odorant et satiné. Pourquoi après tout s'interdire de goûter à ce luxe exquis ? Elle oublia sa colère et ses émotions contradictoires pour s'abandonner à ce pur instant de félicité.

Revenu sous la tente afin de surveiller les préparatifs du dîner, Salman faisait nerveusement les cent pas. Après le départ des domestiques, il s'approcha du rideau sur la pointe des pieds. Il perçut un discret clapotis. Jamilah était là, tout près, complètement nue. Son trouble, presque insupportable, s'accrut encore quand elle poussa un soupir de contentement.

Conscient de l'inconvenance de son geste, il risqua néanmoins un œil par une fente. Sa peau mate, la courbe de ses épaules, la rondeur de ses seins : son corps le rendait fou.

Jamilah s'immobilisa. Quelqu'un l'épiait, elle en était sûre. Sur le point de crier, elle changea d'avis brusquement, comme paralysée, pour ne pas rompre le charme qui se tissait. C'était Salman, elle aurait reconnu son aura magnétique entre mille. L'atmosphère se chargea d'érotisme.

Elle le tenait en son pouvoir. Ils risquaient d'être surpris à tout moment, donc Salman ne prendrait pas de risques inconsidérés. Découvrant tout à coup une fierté féminine dont elle n'avait pas pris conscience jusque-là, Jamilah leva les bras pour se savonner langoureusement. Les yeux mi-clos, elle étala ensuite la mousse sur sa poitrine, avec une sensualité que la présence de Salman attisait. Un gémissement à peine audible s'échappa de sa gorge tandis qu'elle se remémorait certains petits billets qu'il lui avait envoyés le premier jour suivant leur retour de Paris.

T'arrive-t-il de te caresser quand tu penses à moi ? Est-ce que, comme moi, le désir te submerge parfois ? Un rêve m'a réveillé en pleine nuit. J'avais terriblement envie de toi...

Les doigts de Jamilah s'attardèrent sur ses seins dressés. Aussitôt, une terrible sensation de manque l'aiguillonna. Son autre main descendit vers son ventre, sous l'eau écumeuse.

C'est une sorte de plainte étouffée qui la sortit de sa rêverie sensuelle. D'autres bruits suivirent, et elle se redressa brusquement, écarlate et mortifiée. Que lui arrivait-il ? La présence de Salman suffisait à la transformer en une créature inconnue, débridée et impudique. D'ailleurs, qui l'avait observée à la dérobée ? Etait-ce vraiment lui ? Cela aurait pu être n'importe qui...

Dès le retour de la jeune servante, Jamilah bondit littéralement hors du bain pour s'envelopper dans une grande serviette. Comme elle cherchait vainement son sac et ses vêtements, la bédouine s'inclina en rougissant.

— Le cheikh a mis des habits à votre disposition.

Puis elle indiqua des parfums et des lotions sur une étagère.

— Je n'ai aucun besoin de ces onguents, déclara

Jamilah, beaucoup plus sèchement qu'elle ne l'aurait voulu.

Devant la mine désolée de la domestique, elle se reprit et s'excusa. Il ne servait à rien de se débattre.

— Merci infiniment. Je me passerai moi-même la crème pour le corps. Apportez-moi seulement de quoi m'habiller.

Pendant que la jeune fille s'éclipsait, Jamilah se massa avec une huile sèche, en s'efforçant d'ignorer l'effet probablement aphrodisiaque des effluves musqués. Mais quand la servante lui apporta un caftan richement brodé, elle ne put retenir une exclamation admirative.

— C'est magnifique ! s'écria-t-elle en passant la main sur les pierreries et les fils d'or et d'argent.

C'étaient des atours dignes de Shéhérazade... Sans parler de la parure de dentelle bleu nuit, qui seyait parfaitement à son teint bistre. Néanmoins, Jamilah se vêtit à contrecœur tant il lui déplaisait de se plier aux volontés de Salman. Mais malgré sa révolte intérieure un désir insidieux, brûlant, la submergeait, qui n'aurait de cesse d'être assouvi...

Quand elle fut habillée, la jeune servante lui brossa vigoureusement les cheveux jusqu'à ce qu'ils brillent comme de la soie. Elle sortit ensuite à reculons, les yeux baissés.

Jamilah la suivit peu après. Salman se tenait debout à l'entrée de la tente, de dos, sa haute stature obstruant presque complètement l'ouverture. Choquée par l'intensité du plaisir que la seule vue de cet homme parvenait à susciter en elle, Jamilah serra les poings. La scène du bain l'avait ébranlée. Elle ne se serait jamais crue capable d'un tel manque de pudeur...

Puis, abruptement, Salman brisa la tension intolérable et lui fit face. Derrière lui, la tenture retomba. Ils étaient enfermés tous les deux dans une tente luxueuse, perdue en plein désert.

Vêtu à la manière traditionnelle, magnifique dans son costume d'apparat, Salman s'approcha de la table somptueusement dressée et chargée de victuailles. Quand Jamilah s'avança à son tour, il glissa un doigt sous son menton pour l'obliger à le regarder dans les yeux.

— Tu es plus belle que jamais.

— Tant mieux si tu es satisfait du résultat, après tous ces efforts, répliqua-t-elle ironiquement.

— Tu ne le regretteras pas. Mon plaisir sera le tien.

— Epargne-moi tes commentaires. Je te l'ai déjà dit, je ne coucherai pas avec toi.

Il la lâcha en riant doucement et lui indiqua une chaise. Horripilée par son arrogance, Jamilah, qui l'aurait volontiers giflé, s'assit en gardant les yeux baissés.

Depuis la scène du bain, Salman avait beaucoup de mal à se conformer aux règles élémentaires de la courtoisie. Tout à l'heure, si les domestiques n'avaient pas surgi pour dresser le couvert, il se serait déshabillé pour rejoindre Jamilah dans la baignoire. Il lui aurait fait l'amour sans attendre, avec toute l'impétuosité dont il était capable.

En ce moment même, il contrôlait difficilement ses pulsions. Sur Jamilah, le caftan remplaçait avantageusement le sempiternel jean. L'étoffe chatoyante épousait les courbes de sa silhouette comme une caresse sensuelle et raffinée.

Il surprit un regard à la dérobée, empreint d'une coquetterie très féminine, et un sentiment de triomphe l'envahit. Jamilah avait beau résister de toutes ses forces, elle finirait par succomber à son propre désir.

Il ne pouvait pas en être autrement. La petite veine qui battait à la base de son cou la trahissait déjà.

Confiant dans l'issue de leur rencontre, il composa une assiette à l'intention de la jeune femme en piochant dans les différents plats. Puis il remplit deux flûtes de champagne et porta un toast.

— A nous, Jamilah.

Elle leva son verre.

— A moi, corrigea-t-elle malicieusement. Et à la bonne nuit que je vais passer sous la tente, seule.

Il avala une gorgée avec un rire moqueur. Détachant à grand-peine le regard de son beau visage aux traits lisses, Jamilah commença à manger, mais faillit s'étrangler quand il déclara :

— J'ai pris beaucoup de plaisir à correspondre avec toi au cours des derniers jours – même si l'échange était un peu trop à sens unique…

Elle se tamponna les lèvres avec sa serviette pour se donner une contenance. Avant de renvoyer les enveloppes sans les décacheter, elle avait lu avec un plaisir coupable quelques-uns des petits mots suggestifs de Salman…

Il posa une main sur la sienne.

— Tu pensais à moi tout à l'heure, dans ton bain ? Tu savais que je te regardais ?

Interdite, elle se figea. Que répondre à cela ? Si elle acquiesçait, elle était perdue.

— J'ignore de quoi tu parles, murmura-t-elle d'une voix rauque.

Il grimaça un sourire.

— Je te l'ai déjà dit une fois : cela ne te va pas de mentir.

Jamilah libéra sa main et continua à manger, même si son appétit l'avait brusquement quittée. Elle était cramoisie. Qu'allait-il se passer ? A moins de faire un scandale et de s'enfuir en courant jusqu'au village pour demander l'hospitalité, elle était coincée ici avec Salman.

Une fois son assiette terminée, elle se leva en affectant un bâillement, résolue à réaffirmer son intention de dormir seule.

Salman repoussa sa chaise et lui tendit une main qu'elle refusa.

— Je reste là, tu t'en doutes, annonça-t-il tranquillement.

Elle leva les yeux, avec une expression de défi qui masquait autre chose, une fragilité que Salman préféra ignorer.

Il se dirigea vers le lit et commença à se dévêtir.

— Qu'est-ce que tu fais ? demanda-t-elle, paniquée.

— Je me couche, répondit-il avec un calme souverain.

— Mais… Et moi, alors ?

— Le lit est assez grand pour nous deux.

Interloquée, Jamilah ne répondit rien. Elle était hypnotisée par cet homme beau comme un dieu, qui se déshabillait devant elle le plus naturellement du monde. La gorge sèche, elle admira sa puissante musculature, ses épaules larges, ses cuisses vigoureuses…

Pourquoi devrait-elle s'arracher à la contemplation de ce corps qu'elle aimait ? Cela n'avait pas de sens… Quand il se tourna vers elle, très lentement, le monde entier sembla se rétrécir. Rien n'existait plus sur la planète que cet homme et ce désir qui pulsait entre eux. L'air se fit plus lourd, presque étouffant.

— Jamilah…

Elle tressaillit quand il referma une main sur son sexe dressé.

— Jamilah… répéta-t-il d'une voix rauque. Je suis au supplice. J'ai trop envie de toi.

Aux prises avec un curieux mélange de langueur et

de griserie, elle s'approcha de Salman. Elle secouait la tête avec une énergie farouche, déterminée.

— Je… Je ne peux pas. Je ne ferai plus l'amour avec toi, Salman. J'en suis incapable.

Elle étouffa un sanglot et réussit à se détourner, tremblant de tous ses membres. Si elle capitulait maintenant, elle serait malheureuse jusqu'à la fin de ses jours. Elle ne pourrait plus oublier cet homme ni en approcher aucun autre.

Deux mains larges la prirent par les épaules, avec une douceur surprenante. A son grand désarroi, elle sentit les larmes lui piquer les yeux, prêtes à se déverser en torrent.

— Je t'en prie, Jamilah, ne pleure pas, l'implora-t-il d'une voix pleine d'empathie.

Elle se souvint d'une autre fois, lointaine, où il l'avait conjurée d'être forte. Devant la tombe de ses parents. Et soudain, le passé et le présent se mélangèrent. Son cœur se mit à battre plus vite. Elle l'aimait. Elle aimait cet homme de toute la force de son être, avec une intensité qui éclipsait tout le reste. Rien ni personne ne pouvait plus la sauver ni l'aider. Il était déjà bien trop tard. Depuis longtemps.

Quand les pleurs la submergèrent et ruisselèrent sur ses joues, quelque chose céda au plus profond d'elle-même. Comment pourrait-elle se refuser à lui ? Le souvenir de cette nuit en plein désert serait peut-être sa seule consolation pour le restant de ses jours…

Une émotion qu'elle n'avait jamais vue se peignit alors sur le visage de Salman. Il semblait bouleversé, souffrir le martyre.

— Je ne veux rien t'imposer. Je ne veux pas te faire de mal. Sincèrement, je croyais que tu éprouvais autant de désir que moi. Que tu résistais uniquement par esprit de vengeance. Tu sais combien j'ai besoin de toi.

Cet accès de tendresse confirma à Jamilah qu'elle était bel et bien perdue. Puisqu'il ne s'imposait plus, que son arrogance le quittait, elle pouvait céder. Maintenant, elle avait confiance. Il était sincère. Si elle lui avait demandé de la laisser tranquille, il aurait obéi. Et, sachant cela, c'était maintenant la dernière chose qu'elle souhaitait.

Ses peurs s'étaient concrétisées : il lui devenait impossible de repousser Salman. Surtout après avoir appris ce qui le tourmentait. Elle avait tellement envie de le consoler…

Elle tendit la main pour caresser son visage.

— Tu te trompes. Pourquoi voudrais-je me venger ? Je n'ai aucune rancœur envers toi. Tu as raison, seul compte le moment présent. Tout le reste n'a plus d'importance. Je rends les armes.

Elle se pressa contre lui.

— Fais-moi l'amour, Salman, poursuivit-elle. Moi aussi, j'ai besoin de toi.

Il attendit encore de longues secondes, comme s'il redoutait un ultime revirement. Puis, avec un soupir de triomphe, il écrasa un baiser victorieux sur sa bouche et l'enlaça étroitement. Jamilah se sentait réconciliée avec elle-même. Le dur combat qu'elle avait livré était terminé. Plus tard, bien sûr, il lui faudrait affronter les conséquences de sa capitulation. Mais pour l'instant, elle était heureuse.

Le désir qui la traversait de part en part atteignait une intensité qu'elle n'avait encore jamais éprouvée. La faille que Salman venait de lui révéler, cette bonté inattendue, était le plus puissant des aphrodisiaques.

Balayant ses dernières hésitations, il la souleva dans ses bras pour la déposer sur le lit, avec une tendre délicatesse, comme si elle constituait pour lui un trésor infiniment précieux…

Deux heures plus tard, Salman était étendu sur les draps de soie, les yeux grands ouverts. Les cheveux de Jamilah se répandaient sur son torse tandis qu'il la tenait serrée contre lui, une main refermée sur son sein. Il avait assouvi l'ardeur qui taraudait son corps, mais il continuait à se sentir étrangement insatisfait, comme s'il devinait qu'il lui serait à jamais interdit de connaître vraiment la satiété. Il soupira profondément.

Jamilah avait capitulé. Pourtant, il n'en concevait ni gloire ni fierté. Aucune femme ne lui avait jamais inspiré une passion aussi inextinguible. Plus ils faisaient l'amour, plus il avait envie d'elle. Cet inlassable recommencement le paniquait. Comment pourrait-il quitter Merkazad et reprendre le cours de son existence alors qu'elle avait sa vie ici ? Ses larmes l'avaient ébranlé. Il n'aurait pas dû s'imposer à elle aussi violemment. Il avait eu tort d'utiliser un stratagème pour l'amener jusqu'ici, où elle était quasiment sa prisonnière. Mais il ne pouvait pas se passer d'elle et ce besoin profondément ancré, de plus en plus aigu, le stupéfiait.

Cette incapacité à se priver de sa présence remontait à la nuit où il lui avait livré le secret de son âme. Elle était la seule à avoir recueilli ses confidences. Au début, il avait redouté qu'elle en fasse un mauvais usage. Il s'était trompé : Jamilah était quelqu'un de droit, authentique et honnête. Un rayon de soleil qui illuminait sa vie.

Pourtant, il lui faudrait la quitter très bientôt. Elle avait forcément envie de mener une vie normale. Auprès d'un homme serein, qui n'avait pas été humilié par des expériences dégradantes, comme lui. Qui l'en blâmerait ? Le cœur de Salman se serra douloureusement en imaginant les beaux enfants qu'elle aurait avec un autre. Un désir nostalgique s'empara de lui, qu'il étouffa bien vite.

Dès qu'il perçut un changement de rythme dans la respiration de Jamilah, il l'attira sur lui, lui écartant les cuisses de manière à les placer de chaque côté de ses hanches afin d'établir un contact intime. Tendant le bras, il caressa les replis de sa féminité.

— Salman… murmura-t-elle dans un souffle.

Elle pressa sa poitrine contre son torse avec un gémissement rauque. Il chercha sa bouche et l'embrassa passionnément tandis que, à moitié endormie, elle répondait langoureusement.

Puis il remplaça ses doigts par son sexe et imprima à son corps un balancement régulier, tout en maintenant Jamilah par les hanches. Quand le rythme devint plus rapide, elle ouvrit des yeux étonnés pour les river aux siens. Il vit qu'elle tâchait de résister le plus longtemps possible. Au bout de quelques minutes d'une torture exquise, elle se mordit la lèvre et rejeta la tête en arrière, dans une explosion de plaisir qui les emporta tous les deux en même temps.

Il leur fallut une éternité pour recouvrer leurs esprits.

Entre eux, cela devait rester purement sexuel, se dit Salman. Tant qu'il était sur ce terrain-là, il n'avait pas peur.

10.

Salman détailla Jamilah des pieds à la tête, époustouflé par sa beauté. Pour le dîner, elle avait revêtu une robe de soie très décolletée, retenue sur les épaules par de fines bretelles et qui lui arrivait aux genoux, mettant en valeur ses jambes bien galbées. Elle était pieds nus, sans le moindre maquillage, avec un chignon à moitié défait sur le sommet du crâne.

Dans l'après-midi, après s'être baignés nus dans une petite piscine remplie d'eau fraîche, ils s'étaient prélassés longuement sous un bosquet, à l'abri des regards. Jamilah s'était enhardie pour lui prodiguer des caresses et des baisers qu'elle n'avait encore jamais osés jusque-là. Malgré les instances de Salman, elle l'avait mené jusqu'au bout de son plaisir, le tenant complètement à sa merci, jusqu'à ce qu'il perde toute maîtrise de lui-même. Il n'oublierait jamais le sourire satisfait et terriblement sexy qui avait alors illuminé son visage.

Durant le repas, elle eut un geste complice, presque rien, un clin d'œil malicieux, mais qui émut Salman. Quelque chose d'extrêmement léger, qui ressemblait à de la joie, monta en lui.

Une fois sa dernière bouchée avalée, elle le regarda avec une sorte d'impatience désabusée.

— Chaque fois que j'aborde un sujet trop personnel,

tu refuses la discussion en te renfermant sur toi-même, lança-t-elle.

Il lui lança un regard d'avertissement.

— J'en ai déjà trop dit.

— Uniquement sur un sujet précis, insista-t-elle. Un épisode de ton enfance. Mais tout le reste ? Nadim ? La vie que tu as menée jusqu'ici ?

Salman se contracta. Jamilah avait raison. Il n'aimait pas parler de lui.

— Il n'y a pas grand-chose à dire. Cela t'ennuierait probablement. A huit ans, j'avais déjà envie de quitter Merkazad. J'ai toujours plus ou moins incriminé Nadim pour ce qui s'était passé, même si c'est complètement irrationnel et injuste. Depuis, j'ai passé mon temps essentiellement à travailler. J'ai amassé des sommes d'argent considérables.

Avec un sourire, il ajouta :

— N'essaye pas de me psychanalyser. J'ai mené une existence terne et inhumaine, pour reprendre un terme que tu as utilisé une fois. Mais cela ne me dérange pas.

Jamilah secoua lentement la tête. Elle aurait dû s'en tenir là, mais quelque chose la poussa à insister.

— Tu as peur de souffrir, n'est-ce pas ? Mais c'est inévitable, Salman. Et si on ne s'expose pas à la souffrance, on ne risque pas de découvrir la joie. Ni le bonheur.

Salman réfléchit un instant. Ce concept lui était étranger. Même s'il avait cru, fugitivement, éprouver de la joie au contact de Jamilah, cette émotion était hors de sa portée. Il était incapable de lâcher prise, de perdre le contrôle de lui-même. Et elle l'emmenait trop près du précipice…

Il se leva brusquement, souleva la jeune femme dans

ses bras et l'emporta derrière le rideau, où on leur avait préparé un bain pendant qu'ils dînaient.

Jamilah rougit, n'osant imaginer ce que les villageois devaient penser de leur comportement. Les deux jours passés avec Salman avaient filé sans qu'elle s'en aperçoive. Ils vivaient dans une bulle de sensualité, comme si le reste du monde avait cessé d'exister. Elle était parfois rattrapée par le regret d'avoir capitulé ; elle s'empressait alors de repousser cette idée pour s'immerger dans le plaisir. Elle aurait tout le temps de s'abandonner au regret une fois revenue à Merkazad.

Lorsque Salman lui ordonna de monter dans la baignoire, elle obéit avec un frisson d'impatience.

— Rejoue-moi la scène d'avant-hier, commanda-t-il.

Jamilah retint un gémissement. Il avait décidé de se venger… Elle se saisit du savon et laissa la magie opérer. Le temps s'arrêta comme par enchantement, cependant qu'un plaisir trouble la grisait. Tant pis si, pour l'instant, ses questions demeuraient sans réponse.

Le lendemain matin Jamilah se leva de bonne heure. Elle s'assit sur un banc devant la tente et laissa ses pensées vagabonder. Distraitement, elle regarda un jeune villageois qui amenait des chevaux dans un enclos voisin. Elle esquissa un sourire en repensant à son arrivée : dire qu'elle avait voulu repartir aussitôt en allant chercher un cheval au village !

Elle se rembrunit. Une inquiétude sourde l'avait empêchée de dormir, pendant que Salman profitait d'un sommeil profond. Elle lui enviait cette facilité. C'était l'aube du troisième jour, et ils allaient rentrer à Merkazad. Un choix cornélien s'offrirait à elle : ou elle évitait Salman, comme auparavant, au prix d'une véritable torture mentale, ou elle essayait de poursuivre un peu leur relation, en courant un risque beaucoup plus grand – celui de se briser le cœur.

Si elle insistait pour le presser de questions, Salman la repousserait, définitivement sans doute. Là résidaient tout l'enjeu et l'ambiguïté de son attitude. Car elle avait beau se persuader de la fin prochaine et inéluctable de leur histoire, une petite voix tenace et optimiste en elle prétendait que la situation avait changé. Le Salman d'aujourd'hui n'était pas celui qu'elle avait connu à Paris, six ans plus tôt.

Elle soupira profondément. Inlassablement, les rêves et les espoirs renaissaient en elle. Que souhaitait-elle vraiment ? Sans le savoir, elle recherchait peut-être sa cruauté : s'il la rejetait aussi brutalement que la première fois, ne serait-elle pas définitivement guérie de lui ? Et punie de sa sottise en même temps. Car n'était-il pas vain et stupide de croire qu'il avait changé ? Elle pinça les lèvres. Oui, c'était sûrement ridicule…

Un bruit à l'intérieur de la tente attira son attention, et elle se leva, en se préparant mentalement à la discussion à venir.

Surpris de ne pas trouver Jamilah à côté de lui dans le lit, Salman enfilait un pantalon à la hâte quand elle apparut sur le seuil, vêtue du jean et du chemisier que la domestique lui avait rendus lavés et repassés. Un mauvais pressentiment l'envahit quand elle croisa les bras dans une posture de défi.

— Bonjour, lança-t-il d'une voix encore ensommeillée.

Quand, oubliant ses appréhensions inexplicables, il s'avança vers elle, Jamilah se raidit. Il prit son visage entre ses mains et planta un baiser sur sa bouche. Comme elle ne répondait pas, rigide, il posa une main sur ses reins et la pressa contre lui. Contre toute attente, elle le repoussa violemment.

— Non, Salman. C'est fini. Toi et moi, nous nous arrêtons là. Les trois jours sont passés. Nous rentrons aujourd'hui. Il n'est pas question de revivre des instants d'intimité. C'est terminé, cette fois-ci. Pour de bon.

Il plongea le regard dans ses grands yeux bleus en essayant de ne pas s'y noyer.

— Pourquoi, alors que nous sommes si bien ensemble ? Pourquoi t'infliges-tu ce sacrifice ?

— Parce que je ne suis pas incorrigiblement masochiste. J'ai déjà beaucoup souffert à cause de toi. Je ne veux pas revivre cela.

Salman se crispa.

— Ce n'est plus pareil. Nous sommes différents. Tu sais pourquoi je…

— Pourquoi tu as rompu à Paris, alors que tu n'en avais pas vraiment envie ? l'interrompit-elle brutalement. Sache que j'en ai terriblement souffert, même si j'ai prétendu le contraire. Tu vois, moi aussi, j'ai des confidences à te faire…

Jamilah marqua une brève pause. Son cœur battait à tout rompre.

— J'étais amoureuse de toi. Tu n'imagines pas combien j'ai eu mal. Je ne suis pas un robot. C'est peut-être facile pour toi de tenir tes sentiments à distance, mais je suis différente.

Salman cilla. Non, c'était loin d'être facile pour lui. Bouleversé par l'aveu de Jamilah, il était dans le même temps submergé par la peur que ces émotions intenses provoquaient en lui. Il ne savait pas quoi répondre.

En revanche, il comprenait qu'un trésor infiniment précieux lui échappait. Il fit une tentative désespérée.

— Reste encore avec moi quelques jours. Jusqu'au

retour de Nadim. Il sera temps alors de prendre une décision.

Jamilah secoua la tête.

— Non. Tu me demandes un sursis inutile. Cela ne m'intéresse pas de prolonger une aventure qui est pour toi purement sexuelle. Que tu l'admettes ou pas, nous vivons une relation intime. Cela implique de se livrer, de s'ouvrir à l'autre, de parler. Rien n'a vraiment changé, en six ans. Quand tu me quitteras pour retourner à ta vie et à tes maîtresses, je serai de nouveau à la case départ.

Une violente colère s'empara de Salman. Jamilah était injuste. Par ricochet, il s'en voulait d'avoir baissé la garde devant elle. Cela n'avait servi à rien.

— Que cherches-tu, à la fin ? s'écria-t-il, furieux. Tu veux entendre d'autres récits sordides ? Un jour, les soldats ont amené une servante devant moi pour me faire une démonstration de leurs prouesses. Tu es contente ? Cela t'intéresse ? Si j'assouvis ta curiosité, seras-tu mieux disposée à mon égard ?

En voyant Jamilah blêmir, il regretta immédiatement ses paroles. Il n'avait pas le droit de lui raconter cela. Il l'avait déjà accablée du fardeau de nombreux souvenirs atroces.

Jamilah hocha tristement la tête. Elle était sûre d'avoir pris la bonne décision. Salman n'éprouvait rien de très profond pour elle. Leur liaison n'était qu'une brève histoire, vouée à une fin plus ou moins proche.

— Je suis sincèrement désolée pour toi, Salman. Mais tu as mal interprété mes paroles. Je parlais de l'intimité entre deux personnes… qui ont des sentiments l'une pour l'autre. Toi, tu refuses ce genre de relation. Pour moi, ce qui compte, ce sont les détails du quotidien, nos rêves, nos attentes, même banals.

Salman la prit par les épaules, accablé. Elle ne se rendait pas compte de l'énormité de ce qu'elle réclamait !

— C'est trop me demander. Je suis incapable de vivre cela. Avec quiconque.

Une douleur aiguë transperça le cœur de Jamilah. Elle se dégagea, la vue brouillée par les larmes.

— J'imagine que les horreurs que tu as subies sont responsables de ta noirceur. Mais tout le monde n'est pas comme tes tortionnaires. Ce que tu as vécu reste exceptionnel. La nature humaine n'est pas fondamentalement mauvaise.

— Qu'en sais-tu ? lança-t-il, la mine sombre.

— Je le sais, c'est tout.

En un geste machinal, elle posa une main sur son ventre.

— Je te crois parfaitement capable d'une relation saine et normale avec une femme, ajouta-t-elle. Le problème, c'est que tu ne le veux pas. J'aurais dû te dire la vérité, au sujet de ce bébé que j'ai perdu. Car tu as besoin de te mesurer à la réalité, au lieu de fuir continuellement. Ce bébé, Salman, c'était le tien.

D'un revers de main, elle essuya les larmes qui ruisselaient sur ses joues.

— C'est sans doute dur à accepter pour un homme tel que toi, qui crois toujours tout maîtriser, poursuivit-elle. Mais c'est la vérité. Ce bébé qui est mort avant de naître était le nôtre.

Le souvenir était encore si douloureux qu'elle s'en protégea comme elle pouvait, en blessant Salman aussi cruellement qu'elle avait souffert :

— Finalement, je suis soulagée que ce bébé n'ait pas vécu. Parce que tu aurais fait un père épouvantable. Tu vis dans un désert aride, inaccessible à l'émotion, et tu te raccroches à ton passé comme à un bouclier. Tu ne mérites même pas qu'on t'aime.

Paralysé par le choc, décomposé, Salman la regarda sortir dans une espèce de brouillard. Les mots de Jamilah le perforaient comme autant de flèches acérées. Un bébé. Son bébé. Médicalement, c'était impossible. S'il s'était agi de n'importe quelle autre femme, il se serait vigoureusement insurgé contre un tel mensonge. Mais Jamilah n'était pas comme les autres. Elle n'aurait pas menti.

Brusquement, les conseils du chirurgien lui revinrent à la mémoire : « Vous reviendrez pour des visites de contrôle afin de vérifier la réussite de l'intervention. Il ne devrait pas y avoir de problème, mais il existe toujours une infime marge d'erreur ».

Salman s'était adressé au meilleur chirurgien de Paris, un praticien de notoriété internationale. Après l'opération, suprêmement confiant et, comme à l'ordinaire, débordé par ses multiples occupations, il n'avait pas pris le temps d'aller le revoir. L'opération avait très bien pu échouer…

Il se souvint alors de l'expression douloureuse de Jamilah, le soir où elle lui avait parlé de sa fausse couche. Quel idiot ! Il n'avait rien compris ! Hagard, il sortit à sa rencontre. Elle n'était pas devant la tente. A ce moment-là, il entendit un bruit de sabots. Il tourna la tête et vit Jamilah sortir de l'enclos sur un cheval, cheveux au vent.

— Jamilah ! cria-t-il.

Incapable de bouger, il resta debout, impuissant, tandis qu'elle s'arrêtait à quelques mètres de lui. Des gouttes de transpiration perlaient à son front. La faiblesse qui le paralysait lui était odieuse.

— Au moins, je suis sûre que tu ne me suivras

pas, Salman. Je reviendrai quand l'hélicoptère sera là ; pas avant.

Une tristesse infinie résonnait dans sa voix. Elle s'éloigna alors au grand galop, dans un nuage de poussière.

Des heures durant, Salman fit les cent pas devant la tente, la mine sinistre. Personne n'osait l'approcher. Jamilah n'avait pas reparu.

Quand l'hélicoptère arriva enfin, il poussa un soupir de soulagement. Jamilah allait revenir, il pourrait lui parler. Il lui devait au moins une explication.

Pourtant, le temps passa, et elle ne se montrait toujours pas. Avait-elle stupidement décidé de rentrer à cheval à Merkazad ? Fou de rage et d'inquiétude, Salman tenta de se rassurer. Sans provisions, sans carte, c'était impossible.

Il ruminait de sombres pensées quand il aperçut un jeune homme qui conduisait un cheval par les rênes. La peur s'empara de lui quand il reconnut la monture de Jamilah. L'adolescent lui expliqua qu'on avait retrouvé le pur-sang errant dans le village, sans cavalier…

Salman se mit à hurler des ordres, en se maudissant d'avoir attiré la jeune femme dans ce coin perdu. Puis, paniqué à l'idée de ce qu'il s'apprêtait à faire, il serra les dents et sauta à cheval. Même si l'hélicoptère était là, prêt à décoller, le cheval restait le moyen le plus rapide de retrouver l'endroit précis où était Jamilah.

Il n'était pas monté depuis l'âge de huit ans, mais c'était un excellent cavalier à l'époque, encore meilleur que son frère. Pourvu qu'il n'ait rien perdu de ses réflexes ! Il guida le cheval en direction de l'endroit où Jamilah était partie. Si par malheur il lui était arrivé quelque chose… Il s'obligea à faire le vide dans son esprit.

Le pur-sang commença à ralentir l'allure à environ une demi-heure du village, à des kilomètres de toute habitation, en plein désert. A partir de là, Salman arpenta minutieusement chaque mètre carré du paysage rocheux.

Au bout d'une heure, il était enroué à force de crier le prénom de Jamilah. Le désespoir montait en lui, sourdement. La patrouille ne tarderait plus à le rejoindre, avec des vivres, des couvertures et une trousse de secours. Ils se déploieraient pour fouiller chaque rocher, chaque pouce de terrain.

Pour la centième fois, il changea de direction en tirant sur la bride et éperonna sa monture, en appelant Jamilah de toute la force de ses poumons.

C'est alors qu'il l'entendit, faiblement mais très distinctement.

— Va-t-en !

Il rejeta la tête en arrière et ferma les paupières en poussant un immense soupir de soulagement.

— Jamilah, *habiba*, où es-tu ?

— Je ne suis pas ton *habiba*. Laisse-moi tranquille ! Tout va bien.

Il se dirigea au son de la voix et ne tarda pas à apercevoir la silhouette familière, un peu poussiéreuse, assise sur un gros rocher, la tête dans les mains. Après avoir pris soin d'attacher son cheval à un arbre solitaire et rachitique, il s'approcha. En l'entendant, Jamilah se détourna ostensiblement ; il eut le temps de voir du sang et une vilaine bosse sur son front.

— Tu saignes.

Malgré le baume que cette voix mettait dans son cœur, Jamilah fulminait intérieurement. Abominablement vexée, elle avait eu aussi beaucoup plus peur qu'elle ne voulait l'admettre.

— Un aigle qui volait bas a effrayé le cheval,

expliqua-t-elle. J'ai été désarçonnée. Quand je me suis relevée, il était déjà loin.

Devant Salman, elle avait honte d'être sale et aussi peu présentable. Stupidement, elle n'arrivait pas à penser à autre chose. Elle garda les yeux baissés quand il repoussa doucement ses cheveux pour examiner son front. Elle l'entendit déchirer un morceau de tissu et appliquer une compresse humide sur son ecchymose.

La gorge sèche, mais mortifiée de s'être aventurée sans eau dans le désert, elle n'osait pas réclamer à boire. Aussi poussa-t-elle un soupir de soulagement quand Salman pressa le goulot d'une gourde à ses lèvres en lui soutenant la nuque.

Alors seulement elle se décida à croiser son regard. Elle faillit s'étouffer. Blême, les yeux hagards, il était couvert de poussière.

— Bois, l'encouragea-t-il. Je garde ma leçon de morale pour plus tard. Comment te sens-tu ? As-tu mal à la tête ?

— Je suis tombée sur un caillou. Ce n'est rien, juste une bosse, s'empressa-t-elle d'ajouter devant son air effrayé. Mais je me suis foulé la cheville.

Il s'accroupit pour remonter sa jambe de pantalon et lui ôter chaussure et chaussette. Sa cheville était en effet très enflée.

— Il faut te ramener d'urgence à Merkazad.

C'est seulement quand il la souleva dans ses bras que Jamilah aperçut sa monture.

— Tu es venu à cheval ! dit-elle un peu stupidement, resserrant imperceptiblement les bras autour de son cou.

— Ne m'en parle pas ! répondit-il avec une pointe d'humour.

Il la mit en selle avec beaucoup de douceur, avant de se hisser lui-même souplement derrière elle. Le pur-sang hennit et renâcla, mais Salman le maîtrisa sans peine. Elle comprit qu'il était sans aucun doute un cavalier talentueux.

Cette révélation relégua presque au second plan les sensations du corps pressé contre le sien. Leurs cuisses se touchaient, et Jamilah appuyait le dos sur son torse avec un immense sentiment de sécurité. Elle se dit avec agacement que l'expérience ne lui avait rien enseigné…

Ils croisèrent les secours peu après, et Salman dépêcha un jeune garçon en émissaire pour dire au pilote de se tenir prêt à décoller. Il avait recouvré son autorité et son assurance coutumières. Jamilah le retrouvait identique à lui-même, comme si elle avait rêvé l'épisode incroyable qui venait de se dérouler.

Quand ils s'envolèrent, elle regarda avec un serrement au cœur la petite oasis disparaître à l'horizon. Les yeux humides de larmes, elle se détourna pour cacher son émotion.

Salman ne s'était jamais senti aussi maussade. Il songeait aux rebondissements inattendus de ces dernières heures : Jamilah avait eu un accident de cheval en s'enfuyant loin de lui et lui avait appris qu'il avait failli être père… Curieusement, cette dernière information ne lui inspirait pas de répugnance. Il jeta un coup d'œil à Jamilah. Elle l'ignorait complètement.

Il soupira. S'il avait existé un moment où elle avait oublié la haine qu'elle lui vouait depuis la fin de leur première histoire, à Paris, il l'avait irrémédiablement gâché.

Ils atterrirent directement à l'hôpital de Merkazad, où Jamilah passa toutes les radios imaginables. On ne décela rien. Le médecin qui lui avait bandé la cheville la rassura : c'était une simple entorse.

Ensuite, Salman la fit installer dans une chambre du palais où Lina, la femme de chambre attitrée d'Iseult, lui servit un délicieux repas.

— Salman, va-t'en. Ta présence est inutile.

Il demeura immobile et implacable.

— Tu as besoin de surveillance. Tu as peut-être un traumatisme. En plus, je me sens affreusement coupable.

Jamilah ferma les paupières avec lassitude. Si elle faisait semblant de dormir, peut-être partirait-il ?

Le silence devint si tendu qu'elle se sentit presque soulagée quand il se mit à parler.

— J'avais une bonne raison de penser que ton bébé n'était pas de moi.

— Oui, tu es tellement arrogant que tu te crois infaillible, répliqua-t-elle avec un mélange d'aigreur et d'insolence. Tu n'imagines pas une seule seconde qu'il puisse t'arriver la même chose qu'aux autres êtres humains.

Il eut un rire bref, et elle ouvrit les yeux. Il s'était levé, une expression douloureuse figée sur ses traits.

— Tu n'es pas loin de la vérité… Mais ton analyse n'est pas tout à fait exacte.

Jamilah fronça les sourcils.

— Que veux-tu dire ?

Il poussa un long soupir.

— Il y a quelques années, j'ai pris des précautions radicales pour me mettre à l'abri d'une erreur ou d'une imprudence. Comme j'avais décidé de ne pas avoir d'enfant, j'ai subi une vasectomie, à l'âge de vingt-deux ans. Pendant que tu passais tes radios, j'ai parlé au médecin qui avait pratiqué l'intervention. Il faudra que je passe un examen de contrôle. Mais, après ce que tu m'as dit, je pense connaître les résultats à l'avance.

Jamilah se prit la tête dans les mains, consternée. Cela bouleversait encore une fois toutes ses interprétations. Elle scruta alors attentivement l'expression de Salman, qui se laissa retomber lourdement sur une chaise, la mine défaite et fatiguée, si loin de sa superbe habituelle.

— Pourquoi as-tu fait cela ?

Il ne répondit pas tout de suite et prit le temps de choisir ses mots.

— Je ne voulais surtout pas que mon enfant endure les mêmes horreurs que moi. J'avais aussi terriblement peur de lui transmettre à mon insu un traumatisme, par une sorte d'osmose. Et, troisième raison, je craignais de ne pas être capable de protéger mon enfant, comme mon propre père n'a pas su me protéger.

Ils se turent pendant plusieurs minutes.

— C'est faux, tu le sais, murmura-t-elle enfin.

Une immense tristesse voilà le regard de Salman.

— Justement, je n'en sais rien. Personne ne peut être sûr. Et je ne suis pas prêt à courir ce risque. Pour rien au monde.

Une douleur aiguë transperça alors Jamilah, si vive qu'elle étouffa un cri. Car elle détenait un secret. Par mesure de prudence, l'infirmière avait pratiqué un test de grossesse avant les autres examens.

Elle était enceinte.

Mais elle ne pouvait pas le lui dire. Comment lui aurait-elle imposé une responsabilité qu'il refusait de tout son être ?

— Tu n'as vraiment pas confiance ? demanda-t-elle, le cœur en mille morceaux.

Il secoua la tête.

— Je ne peux rien promettre à personne. Surtout à

toi, Jamilah. Tu mérites mieux. Tu mérites quelqu'un qui soit capable de t'aimer.

Les yeux brûlants, la gorge nouée, elle détourna le visage.

— Laisse-moi seule, Salman. Je ne veux plus te voir.

Au bout d'un long moment, il se leva.

— Nadim et Iseult rentrent demain. Je partirai demain soir. Mes affaires me réclament.

Assaillie par de violentes émotions, Jamilah eut peur de s'effondrer devant lui.

— Sors d'ici !

— Je suis désolé, Jamilah. Sincèrement.

Il partit sans se retourner.

11.

Debout sur la terrasse de Nadim, Salman contemplait Merkazad. La vue qui s'offrait à lui ne lui inspirait plus l'inquiétude d'antan. Désormais, ses tourments venaient de la jeune femme qui dormait non loin de là.

Il donna un coup de poing sur la balustrade. Il se sentait lâche. Horriblement. Comme il ne l'avait jamais été. Il avait envie de retourner dans cette chambre pour plaider sa cause, jusqu'à ce que Jamilah s'abandonne entre ses bras et le supplie de rester. Ou prenne la décision de le suivre en France.

C'était la seule chose à ne pas faire. Il avait eu de multiples occasions de sauver ce qui restait de son âme et ne les avait pas saisies. Il lui fallait à présent quitter Jamilah pour toujours, ne jamais chercher à la revoir.

Cette idée l'anéantissait. Quelle ironie ! Lui qui s'était senti si longtemps incapable d'éprouver le moindre sentiment… Un instant, il songea avec colère à celle qui l'avait métamorphosé. Puis, très vite, un sentiment beaucoup plus poignant le submergea.

— Tu es sûre que tout va bien ? Tu as l'air changée.

Maudissant l'intuition d'Iseult, Jamilah s'empourpra. Nadim et elle étaient rentrés la veille de leur voyage en Irlande. Avec leur retour et la perspective d'une naissance de sang royal, les voix de la dissidence se calmaient ; le peuple ne reprochait plus à son souverain d'avoir choisi une épouse étrangère.

Jamilah marmonna une réponse incohérente. Elle n'en était qu'au tout début de sa grossesse et était bien trop superstitieuse pour partager son secret. Comme elle devait rester allongée pendant un jour ou deux, Iseult était venue la voir dans sa chambre. Couchée dans son lit, Jamilah se sentait exposée, vulnérable.

— Salman est parti hier soir, reprit Iseult.

— Ah oui ? lança Jamilah en feignant l'indifférence.

Elle avait fait semblant de dormir quand il était venu lui faire ses adieux. Mais, quand une très légère caresse, presque imperceptible, lui avait effleuré la joue, il lui avait fallu rassembler tout son courage pour ne pas agripper sa main et le supplier de rester.

— Il a reparlé à Nadim de ce qui s'était passé pendant son enfance. Ils semblent réconciliés. Salman s'intéresse aussi davantage aux affaires du pays. Il a promis de s'entretenir régulièrement avec Nadim.

Le cœur de Jamilah bondit dans sa poitrine. Si Salman avait l'intention de revenir de temps en temps à Merkazad, n'était-ce pas une bonne nouvelle pour son enfant à venir ?

Elle força un sourire sur ses lèvres.

— Tant mieux. Je suis très contente pour eux. Salman a eu raison de se confier. Le fardeau était trop lourd à porter.

Iseult lui jeta un regard circonspect.

— Tu étais au courant ?

Jamilah devint écarlate.

— Oui… Je… Il m'a tout raconté.

— Jamilah…

— Je t'en prie, Iseult, pas maintenant. Je t'en reparlerai. Mais pour l'instant je suis trop fatiguée.

Iseult hocha la tête et se leva.

— D'accord. Quand tu voudras.

Jamilah lui sourit d'un air contrit.

Après le départ de son amie, elle appuya la tête contre ses oreillers et s'absorba dans la contemplation du plafond, en se demandant si elle guérirait jamais de sa profonde détresse.

Après ses quelques jours de convalescence au palais, Jamilah était retournée s'installer au haras. Elle se déplaçait clopin-clopant avec des béquilles pour vaquer à ses occupations. Elle sortait des écuries quand les yeux exorbités d'Abdul, planté au milieu de la cour, attirèrent immédiatement son attention.

Elle plissa le front.

— Abdul… ?

Suivant son regard, elle aperçut Salman, livide. Il descendait de sa Jeep à quelques mètres d'un garçon d'écurie qui menait un cheval par la bride. Il tint bon et ne broncha pas.

Vêtu d'un jean et d'une chemise, il avait la mine fatiguée et une barbe de deux jours. Le cœur de Jamilah se serra. Quand il s'approcha, elle recula machinalement, de peur de s'effondrer devant lui.

— Que… Que veux-tu ?

Il s'arrêta à quelques pas d'elle.

— Tu ne sembles jamais très heureuse de me voir, Jamilah, dit-il d'une voix lasse.

Elle fit la grimace.

— Cela t'étonne ?

— Non, je ne t'en blâme pas.

— Que fais-tu ici, Salman ?

— J'ai décidé de surmonter mes phobies. Je me soigne.

Jamilah faillit en perdre l'équilibre.

— Eh bien, bonne chance. Excuse-moi, j'ai du travail.

Elle voulut partir la tête haute mais, s'appuyant malencontreusement sur son pied blessé, elle poussa un cri de douleur. Malgré les béquilles, elle tomba à la renverse.

Salman la rattrapa *in extremis* par la taille et en profita pour l'embrasser au creux du cou. Envahie par l'inévitable montée de désir que provoquait sa présence, Jamilah poussa un gémissement désespéré. Elle se débattit pour se libérer.

Quand il finit par la lâcher, elle dut pourtant, à sa grande honte, s'agripper de nouveau à lui parce que ses béquilles étaient tombées par terre. Les deux mains posées sur ses avant-bras, elle le regarda droit dans les yeux en secouant la tête.

— Pourquoi es-tu revenu, Salman ? Que cherches-tu ?

Subitement, les larmes lui brouillèrent la vue, et elle fut incapable de les retenir.

— Tu ne peux donc pas me laisser vivre en paix ? poursuivit-elle. Je ne veux pas être ta maîtresse, je ne…

Il la réduisit au silence en lui délivrant un baiser brûlant. Dans un réflexe incontrôlable, Jamilah jeta les bras à son cou. C'était l'enfer et le paradis tout à la fois.

Salman s'écarta et essuya ses joues mouillées.

— S'il te plaît… Pouvons-nous nous asseoir quelque part pour parler ?

Elle hocha la tête.

— Où est ton appartement ? s'enquit-il d'un ton bourru en la soulevant dans ses bras.

Elle lui indiqua la porte de son bureau ; de là, ils gagnèrent son salon en passant par-derrière.

Après avoir confortablement installé Jamilah sur les coussins de son canapé, Salman se tint légèrement en retrait. Il souffrait de voir une expression aussi circonspecte sur son visage baigné de pleurs. Il inspira profondément pour se donner du courage.

— Me promets-tu de m'écouter jusqu'au bout ?

— Je n'ai pas le choix. Je ne peux pas bouger sans mes béquilles.

— Comment va ta cheville ?

— Bien… Mais je suppose que tu n'as pas fait tout ce chemin simplement pour prendre de mes nouvelles.

— Non.

Il passa la main dans ses cheveux et se mit à faire les cent pas. Puis, brusquement, il se décida.

— Je ne suis pas rentré directement en France. Je suis d'abord allé en Afrique, au siège de mon association, dans l'espoir de me changer les idées.

Il secoua la tête.

— Ces pauvres enfants vivent dans un dénuement absolu. Ils auront beaucoup de mal à s'en sortir et à retrouver une existence normale. J'ai eu plus de chance qu'eux

— Salman… ? murmura Jamilah, l'esprit confus.

Il s'assit à côté d'elle. Beaucoup trop près. Elle tressaillit.

— Il y a six ans, tu as réveillé une part de moi-même profondément enfouie, Jamilah. Mais je n'étais pas prêt. Pourtant, je savais qu'un jour ou l'autre il me faudrait affronter cette réalité et revenir vers toi. Tu as toujours exercé un étrange pouvoir sur moi. Depuis toute petite. Depuis ce jour où tu étais devant la tombe de tes parents, silencieuse et stoïque. Ce jour-là, j'ai senti que tu pouvais me voir tel que j'étais sans en être horrifiée.

— Tu te souviens de ce moment-là ? hoqueta-t-elle, la gorge serrée.

— Je ne l'ai jamais oublié. Malgré mon arrogance et mon entêtement, même si je ne t'avais pas revue à la fête du Sultan, je t'aurais cherchée. Je n'ai fait que cela pendant toute ma vie…

De nouveau, Jamilah éclata en sanglots.

— Ne dis pas cela, Salman, je t'en prie. Si c'est seulement un moyen de me ramener dans ton lit, je…

— Il n'est pas question de cela, l'interrompit-il en lui prenant la main J'aspire à autre chose, Jamilah… Tu as fait tomber toutes mes défenses. Après mon passage en Afrique, j'ai repris l'avion pour la France, où un médecin m'a confirmé que la vasectomie n'avait pas fonctionné. Il m'a demandé si je voulais renouveler l'opération.

Jamilah retint son souffle.

— Qu'as-tu répondu ?

Il la regardait si intensément qu'elle éprouva un léger vertige.

— Que j'avais besoin de réfléchir et d'en discuter avec quelqu'un.

— Avec qui ? bredouilla-t-elle, essayant d'étouffer la flamme d'espoir qui renaissait en elle.

— Toi, bien sûr !

— Pourquoi ?

— Tu es la seule femme au monde avec laquelle je pourrais envisager d'avoir des enfants.

— Qu'est-ce que tu dis ? articula-t-elle faiblement, sans être bien sûre d'avoir compris.

— J'ai fini par y voir clair et me rendre à la réalité. Je t'aime, Jamilah. Je ne peux pas vivre sans toi.

Il esquissa un faible sourire avant de redevenir sérieux, presque sévère.

— Après tout ce qui s'est passé entre nous, je ne serais pas surpris que tu ne veuilles plus de moi. Mais si tu consentais à me donner une nouvelle chance, je jure de consacrer le reste de mon existence à te rendre heureuse et à te prouver l'étendue de mon amour. Tu es le seul être capable de sauver mon âme…

Salman lâcha un instant sa main et sortit un petit coffret de la poche de son jean. Quand il l'ouvrit, Jamilah aperçut un magnifique saphir.

— Jamilah, je serais le plus heureux des hommes si tu me faisais l'honneur de te marier avec moi.

Pendant quelques secondes, elle retint son souffle. Puis, elle eut besoin de le toucher.

— Je suis en train de rêver. Tu n'es pas réel.

Il fit la grimace.

— Si, je suis réel ; et j'ai beaucoup de défauts, comme tu le sais. Mais tu as le pouvoir de me redonner une part d'humanité. Bien que je ne te mérite pas.

Jamilah accepta enfin de croire à ce qui arrivait et de faire un saut dans l'inconnu. Elle prit la main de Salman pour la poser sur son ventre.

— Nous méritons tous les deux d'être heureux. Une nouvelle vie commence. Pour nous, et pour un petit être qui va grandir doucement. Une part de toi et de moi, qui nous prouve que le futur existe.

Salman la dévisagea, décontenancé.

— Mais… comment ? Quand ?

Jamilah haussa les épaules.

— Peut-être à Paris, qui sait ?

Un mélange de joie, de crainte et d'émerveillement se peignit sur les traits de Salman.

— Contrairement à ce que je t'ai dit à l'oasis,

reprit-elle, prise d'un remords subit, je suis sûre que tu feras un très bon père. J'étais très en colère ce jour-là. J'avais peur de ne jamais retomber enceinte. Je me suis vengée sur toi.

Salman gémit doucement.

— Je méritais cette punition et bien davantage. Voici donc la deuxième chance que j'espérais tant.

Jamilah prit le visage de Salman entre ses paumes.

— Tu as assez souffert, mon amour. Tu as fait de ton mieux pour guérir de tes blessures et tu as aidé beaucoup d'autres à soigner les leurs. Maintenant, le moment est venu pour toi d'être heureux.

— Mais je t'ai fait du mal.

— N'y pense plus. Si cela devait nous amener jusqu'ici, cela en valait la peine.

— Tu me pardonnes ?

Tant de regret perçait dans sa voix que la gorge de Jamilah se serra.

— Bien sûr ! Je t'aime, Salman. Depuis toujours et pour toujours. Tout ce à quoi j'aspire, c'est passer le reste de ma vie avec toi. Nous allons nous marier, c'est mon vœu le plus cher.

Ils s'embrassèrent longuement, passionnément. Salman entendit vaguement que l'on frappait à la porte mais ne réagit pas. Pas plus qu'il n'interrompit son baiser lorsqu'il aperçut du coin de l'œil Iseult et Nadim, qui à peine entrés repartirent sur la pointe des pieds, un large sourire aux lèvres.

Deux mois plus tard, dans une robe de soie ivoire qui faisait magnifiquement ressortir sa peau mate, Jamilah épousa Salman au cours d'une cérémonie civile qui se déroula dans la plus stricte intimité, au palais de Merkazad. Nadim et Iseult furent leurs témoins, avec leur nouveau-né qui dormait dans son couffin à côté d'eux. Salman et Jamilah avaient tenu à patienter jusqu'après la naissance de Kamil Sean.

Après la cérémonie, les jeunes mariés reçurent les félicitations des nombreux invités rassemblés pour l'occasion dans les salons du palais. Ce fut une fête mémorable…

Ils réussirent à s'éclipser sur la terrasse pour goûter quelques instants de tranquillité. Salman se tenait derrière Jamilah, qu'il enlaçait tendrement, les mains posées sur son ventre. Elle soupira de bonheur en s'appuyant contre lui, face aux lumières de la ville. Dans le lointain, on apercevait une grue sur un chantier, à l'endroit où on construisait une immense fête foraine, avec des manèges qui feraient le bonheur des enfants.

Depuis son voyage éclair en Afrique, Salman avait pris la décision courageuse de sortir de l'anonymat pour témoigner, au sein de son association, de ses expériences traumatisantes.

Il déposa un baiser sur les cheveux soyeux de Jamilah. Il n'eut pas besoin de voir son sourire tendre pour savoir qu'il illuminait ses traits. Tout comme ils n'avaient pas besoin de mots pour se comprendre. Ils étaient ensemble. Cela suffisait à leur bonheur.

UN COTTAGE AU BOUT DU MONDE, *Maggie Cox* • *N°3255*

Ailsa n'en croit pas ses yeux. Sur le pas de sa porte se tient son ex-mari Jake, qu'elle n'a pas revu depuis quatre ans. Et à la surprise de revoir celui qu'elle a follement aimé, mais qui l'a tant fait souffrir, se mêle très vite la colère. La colère, mais aussi le désir… Car Jake est plus beau que jamais. Et quand une tempête de neige empêche celui-ci de reprendre la route et le contraint à passer la nuit chez elle, dans son cottage perdu de la campagne anglaise, Ailsa sait qu'il va lui falloir toute sa volonté pour résister au désir irraisonné qu'il lui inspire, tout comme autrefois...

LA VENGEANCE DE HEATH MONTANHA, *Kate Walker* • *N°3256*

Si Heath Montanha est revenu à High Farm, c'est pour se venger de celui qui, par haine et jalousie, a fait de son adolescence un enfer, le forçant à fuir. Et certainement pas pour revoir Kat, la jeune femme dont il était autrefois amoureux, mais qui l'a trahi de la pire des façons. Sauf que lorsqu'il se retrouve face à elle, plus belle encore que dans son souvenir — mais aussi plus grave et plus triste — il doit très vite se rendre à l'évidence : il la désire toujours. Dans ces conditions, ne sera-t-il pas merveilleusement délicieux de mêler la conquête à la vengeance ?

UNE FOLLE TENTATION, *Maisey Yates* • *N°3257*

Lorsqu'elle apprend que Nicolas Chevalier a racheté son prêt bancaire, Ella panique. Car celui qui se tient devant elle a tout de l'homme d'affaires impitoyable et insensible. Va-t-il ruiner ses efforts alors qu'elle a tout sacrifié pour tenter de se faire un nom dans la mode ? Contre toute attente, Nicolas lui propose son aide. Mais à une condition : qu'elle se fasse passer pour sa fiancée aux yeux de tous. Une simple mise en scène, se répète Ella, car elle sait bien que, dans la réalité, ce séducteur qui l'attire follement ne pourra jamais rien lui offrir…

LE PRIX DE L'ORGUEIL, *Sarah Morgan* • *N°3258*

Après des années d'absence, Lauren se décide à revenir en Sicile pour le mariage de sa meilleure amie, même si cela signifie qu'elle va sans doute revoir Cristiano, son mari, et affronter sa colère et son dédain. Toutefois, essaye-t-elle de se convaincre tandis que l'avion amorce sa descente vers l'île italienne, une fois la colère passée, il sera peut-être heureux de saisir cette occasion d'officialiser enfin leur séparation. Sauf que rien ne se passe comme elle l'avait imaginé. Car non seulement Cristiano ne semble pas fâché de la revoir, mais à sa grande surprise, il lui explique qu'il n'a aucune intention de divorcer...

UN SECRET ESPAGNOL, Lynne Graham • *N°3259*

- Précieux secrets - 1ère PARTIE

Alejandro, à Charlbury St Helens ? Incapable de faire le moindre geste devant la silhouette imposante de son mari, qu'elle n'a pas revu depuis deux ans, Jemima a l'impression que le ciel vient de lui tomber sur la tête. Jamais elle n'aurait pensé qu'Alejandro se lancerait un jour à sa recherche, et qu'il ferait ainsi irruption dans la nouvelle vie qu'elle s'est construite. Mais presque aussitôt, sa stupeur se change en panique. Comment Alejandro réagira-t-il lorsqu'il apprendra qu'elle élève seule un petit garçon, un enfant dont il est le père ?

LE PLAY-BOY DE WOLFE MANOR, Caitlin Crews • *N°3260*

- Bad Blood - 2ème PARTIE

Quand elle voit entrer Lucas Wolfe dans son bureau, Grace a un instant le vertige. Cet homme est trop beau, trop séduisant, trop charmeur… Oui, plus beau encore que sur les photos des magazines. Mais elle se reprend aussitôt : pas question de céder au charme de ce don Juan, sous peine de revivre un passé qu'elle a tout fait pour laisser derrière elle et oublier. Mais lorsqu'elle apprend qu'elle va en fait devoir travailler avec Lucas, et le côtoyer étroitement pendant de longs mois, Grace comprend que toutes ses résolutions risquent de fondre comme neige au soleil…

AU DÉFI DU PASSÉ, Catherine George • *N°3261*

Envoyée au Portugal par son patron afin d'y expertiser une œuvre d'art, Katherine se heurte très vite à la réticence de son hôte, Roberto de Sousa, un homme sombre et mystérieux, visiblement contrarié d'accueillir une femme sous son toit. Pourtant, Katherine sent qu'elle ne lui est pas indifférente. Quant à elle, elle ne tarde guère à s'avouer l'évidence : elle est profondément attirée par Roberto. Au point d'être bientôt prête à tout pour percer les secrets du passé…